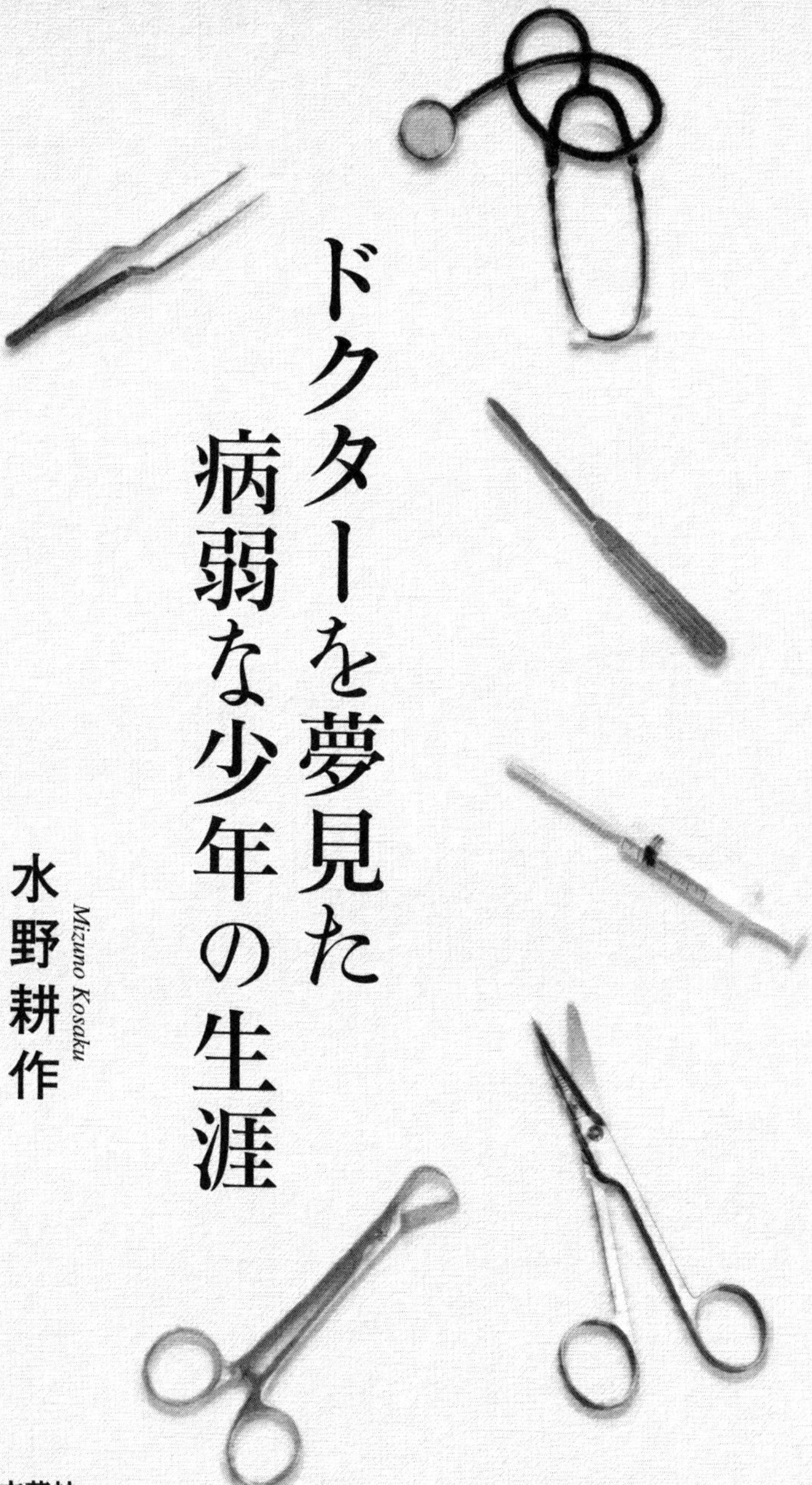

ドクターを夢見た病弱な少年の生涯

水野耕作
Mizuno Kosaku

文芸社

本作品はフィクションであり、実在の個人・団体などは一切関係がありません。

はじめに

私の名前は雨田《あまだ》耕一という。通称、コウイチと呼ばれている。

私は四人兄弟姉妹の第三子として生まれた。二人の姉とは十歳と七歳の年齢差があり、私は待望の男児誕生で、両親の嬉しさは喩えようがないほどであった。私らは大阪湾と瀬戸内海の播磨灘に挟まれた明石海峡を望む小さな海峡都市に生まれ育った。漁船や小さな舟から大型船舶、それに、九州方面への客船や貨物船などが行き交い、時には軍艦なども家の二階から眺めることができた。海峡の向こうには淡路島が横たわり、緑に覆われた島の頂上には灯台が設置されていた。夕方になると、明石海峡を航海する船や漁船を見守るように、明るく鋭い灯光が回転しながら遠くの海面を映し出す。その光は私の家にも届き、外洋船を見るたびに、未知の国への憧れが芽生えるようになっていた。

私の生誕時には日中戦争が始まり、小学三年生で第二次世界大戦の終戦を迎えるまで、軍国主義の影響を受けながら育った。そのうえ、戦中戦後を通して、当時の世間では栄養環境が良くなかった。このことはほとんどの人々に通じることであるが、私には生まれつき体質に異常があった。特にアレルギー反応が強く、全身の皮膚に紅いつぶつぶ（発疹）やみずぶくれ（疱疹）が現れるどころか、時には、胃や腸の消化管にもアレルギー反応が影響して消化不良となり、下痢と吐き気（嘔吐）をしばしば繰り返した。特にアレルギー性喘息の発作を起こすと、窒息しそうな呼吸をするので、周りの家族には死ぬのではないか、と恐怖を感じさせていたようだ。小児科の医師から幾度となく、死ぬかもしれない、と宣告されたと、母親や姉たちから聞かされていた。

いつしか、私は幼心ながらにも、命の大切さを知ることとなり、生き延びれば、きっと医師になり、病気に悩む人々を助けたい、という気持ちを強く抱くようになった。

目次

第1章　病弱な少年

1　小児喘息

私は生まれつきアレルギー体質であり、小児喘息のみならず多くの疾患に罹患《りかん》していた。見た目は痩せ細り病弱そのもので、常に小児科医院に世話になっていた。ちなみに、姉や弟には喘息などのアレルギーはなかった。

その当時のことゆえにステロイドなどはなく、喘息発作の都度に、生存の危機をドクターから申し渡された。喘息の息苦しさは子供心にも脳裏に刻まれており、寝床に転びまわる様相は家族にとって地獄の思いであったそうだ。喘息発作は本人でないとその息苦しさは分からない。あたかも首を絞められ、絞め切られずに半殺しにされているような状況である。まるで絞首刑をのろのろと執行されているような地獄絵である。しかし、小児科の医師が往診して静脈注射を受けた途端に、それまでの息苦しさはなくなり、空気が一挙に喉を通して、胸の奥に入り込んでくるような感覚になる。なんとも表現の仕様のない快さである。苦しさと怖さに閉塞していた気持ちが一気に解放され、胸いっぱいに喜びを感じた。往診の先生が神々しく見えた。この時ほど、お医者様を尊厳の目で見たことがない、と心に深く残った。

喘息発作で窒息死する例もあるし、それでなくても再々に発作が起こると、子供は勉強する機会が少なくなり、社会人になっても勤務に支障をきたし、世の中を生きていけるだろうか、と家族は大いに憂慮していた。幸いに、私が幼稚園を終わる頃には、一時的かもしれないが、小児喘息で絞首刑のような苦しみに遭うことは少なくなった。小児喘息の名のとおりで、小学校入学の頃には、元気に登校できるようになった。

私には医師の家系も人脈もなかったが、医師になろうと心に決め、その後の進路には気持ちの乱れも揺るぎもなかった。

2 自家中毒

私は喘息のほかに、自家中毒という病気にも罹患していた。自家中毒という病気は、吐き気（嘔吐）が突如として繰り返して起こり、食べ物を受け付けないような症状が続く。時には、発熱をすることがある。このことが繰り返し起こると、身体は衰弱する。中毒というから何か悪い食べ物を食べたために起こると思われがちであるが、そうではなく、明確な原因はわからないが、自律神経の失調によって生ずるといわれている。当時は良い治療法はなく、水分補給が重要とされており、できるだけお茶や水を飲ませるように、と小児科の先生に指示されていた。

母や姉は重湯やお茶を強制的に私に飲ませたが、すぐに吐き出してしまうので、このままでは衰弱して死んでしまうと思い、泣くような気持ちになったそうだ。しかし、その当時のことであり、現代であれば、点滴で水分や栄養分を補給することができる。私には、喘息と自家中毒が繰り返し起こるので、小学生になるまで生存することは無理だろうと医師に言われていた。

喘息と異なり、私自身には自家中毒で苦しんだという記憶もない。ちなみに、自家中毒は二～十歳の子供に発症し、小学生のうちに治ることが多いといわれている。しかし、すべてが治るわけでもない。だが、私が戦時中の食糧事情の悪い時期にもかかわらず生き延びたのは、このような疾患の持つ特性に助けられたのであろう。助かる病気と死に至る疾患の区別は、家族にとって分かるすべもなく、苦し紛れに寝床を転げ回る姿や、痩せ細っていく私を見るたびに、もう生きられないと思い込んで悲しみに暮れる。そのような話を聞くたびに、私は親や姉たちの心情は如何ばかりだったかと、申し訳なく思う感傷が夕焼け小焼けの秋空を眺めるたびにいつも想いうかんで悲しくなり、元気になってお医者さんになりたいと願うのである。

第2章　戦時を生き抜く

1　土曜幼稚園

第二次世界大戦の真っ只中に、私は幼稚園へ入園した。この頃には喘息発作も少なくなり、親や家族の心配も薄れていたが、もう直ぐに国民学校へ入学できる、という期待感のほうが上回っていた。幼稚園といっても独立した立派な建物があるわけではない。国民学校の一年生が午前中に勉強を終え、その後に一年生の担任の先生が午後から幼稚園児を世話することになっていた。それも毎日ではなく、土曜日の午後だけ実施するので、土曜幼稚園と呼ばれていた。

幼稚園の先生は髪の毛を後頭部に束ねて丸く結いこむように整髪していた。どの女性の先生も同じ髪型であった。もんぺ服で運動靴を履き、生き生きと教室内を動き回り、はきはきと園児を指導していた。「もんぺ」は明治時代から見られたという説があるが、語源は不明確である。腰回りがゆったりとしたズボンであるから動きやすく、空襲時には咄嗟に消火活動などができることから、政府が着用を命令していた。

園児教育といえども、もんぺ服と防空帽の姿で園児と手を繋いで遊戯などを教えていた。軍国主義の園児教育であるから、陽気な踊りや歌などはなく、折り紙の時間には紙飛行機の作り方ぐらいであった。幼児ながら、規律整頓や隊列行軍のような躾け教育であった。私には軍国主義についてなどもちろん分かるわけもなく、毎日が楽しく一週間に一回の土曜日が待ち遠しかった。

2　国民学校

待望の国民学校一年生となってから、登校は近所の子供たちで隊列を作って学校へ通うこととなった。私の家族は長屋屋敷を住まいにしていたので、同年配に近い男の子や女の子が多かった。男児と女児の登校隊列は男女別々で、最高学年である六年生の生徒が隊長となり二列になって整然と通学していた。元気でお茶目な子供が隊列を乱すと、隊長がお尻をしっぺして隊列の乱れを正しながら学校の校門へ辿り着く。男児の頭髪は丸刈りで、全員が着帽を強いられていた。

　幼稚園の卒園時期が迫ってきた頃、国民学校の帽子を買いに行くのが、今か今かと浮いた気持ちになっていたことを思い出す。戦時中で物資の乏しい時代であり、帽子は丈夫な材料ではないので、一年ぐらいで綻びボロボロになった。しかし、買い替えることは難しく、通学用帽子の代わりに戦闘帽を被ることになった。女の子はもんぺ服姿で頭と顔を防空帽で被うように着用していた。ちょうど、雪国に見られるように、分厚い頭巾で頭から顔や肩まで被っているような姿である。

　学校の前に到着すると、隊列を点検し整列を整えて必ず正門から入る。正門の両側には、最上級生の六年生男児が週番で、射撃銃のような長い銃を横に携えて直立不動で隊列を監視していた。隊列が乱れていると、「待て」の声とともに、運動場の片隅に連れて行かれ、説教されて反省の言葉を強制的に言わされる。態度が悪いと、全員がビンタを食らうので、小学生たちにとっては「シュウバン（週番）」を鬼のように恐れていた。

　隊列を乱さないように、週番の前に軽く会釈して運動場へと進み、中央で天皇陛下の御影が収められている奉安殿の前に止まり、全員が東の方角へ向けて最敬礼する。天皇が東京におられるからである。その後、校舎中央の入口へ近づき、その西側に立っている二宮尊徳像に一礼して校内に入り、靴を下駄箱に納めて、各教室へと散っていく。軍国主義教育の典型である。

3　軍国主義教育

戦時中の教育を私は一年生から三年生の半ばまで受けた。低学年であったので、教育勅語や軍事教練などは経験していない。しかし、学校の先生はもちろんのこと、教科書の中でも「兵隊さんのお陰です」「天皇陛下のために頑張ろう」という言葉が当然のように受け入れられていたことを覚えている。「大きくなったら兵隊さんになりたい」と幼心に思うのは、ほとんどの男児が心に描いていた理想像であった。私のように「お医者さんになる」という子供は少なかった。

朝礼や体育授業では隊列の編隊訓練や号令の練習が学年単位で実施されていた。週に一回ぐらい全校生徒が運動場に集まり、全員で行進の訓練や号令の練習を繰り返した。時には、現役の兵隊が運動場の朝礼台上に起立し、全員生徒を監視し、乱れた隊列の生徒を見つけると、大きな声で行進を中止させ、運の悪い時には、全員で突撃訓練を追加された。

緊張と恐怖の時間帯であった。

4　空襲警報

二年生の頃から次第に戦火が激しくなり、連合国軍による本土攻撃を受けるようになった。外出には防空帽を必ず着用し、その帽子の被り方を教育された。さらに、敵の飛行機からの射撃や爆撃の際には、どのように姿勢や肢位を取るかなどの教育が熱心に行われた。警戒警報が鳴った時には、家や壁のそばに寄り添い、しゃがみ込んで両手で耳、眼、口を押さえるように教えられた。まず両手を顔に当て親指で両耳を押さえ、示指と中指で両眼の瞼を被い、余った薬指と小指で口を塞ぐように構えるものであった。爆撃による空気の振動が鼓膜や眼球を傷めないようにするためであると教わった。

連合国軍による爆撃が頻繁になった。まず警戒警報が出され、ついで空襲警報が発せられると先生の指示に従って、自宅へ帰らなければならない。敵機による機銃掃射などにより一命を落とす学童も報道されるようになって、そのような中を帰宅させることを先生や家族などは憂慮したが、どうしようもできなかった。ただ、運を頼りに、警報のサイレンとともに、屋根の下や塀に寄りかかって隠れながら、手に汗を握って家まで帰る。我慢の二文字である。

学校内では空襲に関する話題が中心となり、授業中でも放課後でも兎にも角にも爆撃に対するいろんな噂や話が真剣に話されるようになった。例えば、爆弾の地響きとともに飛行機の爆音が聞こえたら、自分は命拾いしたと喜べばよい、飛行機が通り過ぎているから、と言われた。また、飛行機の爆音が南から聞こえたら、これは爆撃機が和歌山県と淡路島の間にある紀淡海峡からこちらへ来ていることを意味するから、防空壕などに隠れて、爆音が通り過ぎるのをじっと我慢していろ、とも言われた。

いずれにしても、大きな爆弾の音や飛行機の爆音が聞こえたら、助かったと思い安堵すればよい。なぜならば、爆弾や爆音の音速は飛行機の速度や爆弾の落下速度よりも遅いからである、と大人たちから聞かされた。このように通常の授業などできるはずがなく、警報が鳴れば登校する必要もないので、隊列を組んで学校へ行く日が次第に少なくなってきた。

５　隣組

学校へ登校する日が少なくなり、自宅で過ごす日々が多くなってきた。私は二階建ての古い六軒長屋に住んでおり、その周辺にも多くの木造家屋が密集していたので、同年配の学童のみならず高学年の生徒も多く、遊ぶには事足りており、戦争ごっこで日々を過ごすことができた。

しかし、爆撃機の襲来は日を追って激しくなり、Ｂ52爆撃機が上空に襲来した時は、何個かの爆弾を落下させて飛び去っていった。爆弾の破裂音は凄まじく、地鳴りとともに、長屋の木窓や厠の瓦などが地震のように揺れ動いた。壁土や屋根瓦の粘土粉がばらばらと落下してきた。爆撃機が去ると、近隣の人々は、家から出て路地に集まって、これまでの恐怖感を語り合った。

だんだんと食料やその他の物資が不足してきたが、店頭に品物がなく、「欲しがりません勝つまでは」のキャッチフレーズを押し付けられ、我慢しなければならなかった。しかしながら、良いこともあった。近隣の人々の助け合い精神が非常に高いことであった。

町ごとに世話人が定められ、さらに下部組織である各丁目ごとにまとめられて町民の命令系統が整備されていた。さらに隣組が寄り合って隣保を形成し、隣保班長が決められていた。班長を中心としてお互いに仲良くしていた。食料や資材のない時代にお互いの不足品を融通し合っているのはもちろんのこと、爆撃機が襲来した時でも、手を取り合って安全といわれる場所へ避難した。

6　防空壕

爆撃機の襲来に対して、小高い丘はもちろんのこと、山には横穴を作り、防空壕として利用することを勧められていた。また、焼夷弾に対する消火対策として、各戸に防火水槽を設置していた。隣保ごとに班を作り、手を取り合って防空壕へ子供や老人を助け合いながら向かって行ったものであった。特に夜間では、懐中電灯を使うことは禁じられていた。懐中電灯の光によって、敵機が住民の潜伏場所を察知するからという。暗闇の中坂道を隣保の方々が皆で励ましながら防空壕へ登って行った。

防空壕は小山や小高い丘の麓に横穴を掘って、大人が立つことができるほどの高さに造られていた。もちろん土を削っただけであり、コンクリートで固められていないので、土砂が崩れ落ちる箇所もあり洞窟であった。警報のサイレンが鳴ると、洞窟内の居心地良い場所を目指して、隣組の元気な青年が防空壕に駆けつけて、家族や仲間の居場所を確保した。大勢の住民が逃げ込んでくるので混雑する。また換気できないので、夏場には蒸し暑く息苦しい。

喘息持ちの私には息苦しさを感じることもしばしばであったが、幸いに大きな喘息を発作することはなかった。恐らく、爆弾の脅威のために自律神経も刺激されてアドレナリンが分泌されていたためか、と思われる。

防空壕のような雰囲気では蒸し暑くて空気も悪く、当然のように、赤ん坊が大きな声で泣き叫ぶ。住民はそのことを理解しているものの、爆撃の襲来予告で生死の境に置かれており、鳴き声でいっそう精神的に苛立っていた。私の七歳年下の弟は赤子であり、母親に背負われて防空壕に入っていた。防空壕の人々は、ついつい、

「泣かすな、壕から出ていけ」

「可哀想なことを言うな。皆も必死なんだから、泣くぐらいのことは辛抱しようじゃないか」

などの大声が飛び交った。しかし、母親は周囲の眼が辛いので、赤子を背負い、そっと壕から出ていった。

警戒警報が解除されて自宅に帰ってみると、母親が赤子を布団に寝かして、片付け仕事をしていた。母は防空壕を出てから、仕方なく自宅へ帰り、背中に赤子を背負ったまま、警報が止むまで居間にじっとしていたという。自宅から約二十メートルの距離にある家々は爆弾により跡形もなく破壊されていた。よくもまあ生き延びることができたものだと、姉とともに驚嘆した。

7 大空襲

防空壕では、各隣組の班長たちが交代で世話人を務める。そして住民の不安感を和らげるために、戦況報告を壕に佇む住民に伝える。「敵機を一機撃退した模様です」と言うと、『おお！　やったか。バンザイ！　バンザイ！』と叫ぶ（これらはすべて軍隊からの虚報であった）。

一九四五年（終戦年）の冬から春にかけて、東京、大阪、名古屋などの大都市に対して頻回にわたる大空襲に見舞われ、東京だけでも三月の空爆で十万人以上の死亡者が出ていた。私の住む地域・明石市でも、川崎航空機の飛行場があり、一九四五年六月から七月にかけて大空襲を受けた。最初の偵察爆弾があり、飛行場への攻撃を恐れた市民は空襲警報とともに、少し離れた明石公園へ避難した。明石城址一帯は森林に被われ、攻撃されるとは思わなかった。飛行場を狙った爆弾が標的を外れ、公園やその周辺を爆撃することとなった。

私は防空壕へ逃げる間もなく、家族とともに家の中に閉じ籠った。防空帽を被り両手で眼、耳、口を塞いで「爆弾が今にも落ちるかも」と身震いしながら小さくなっていた。間もなく飛行機の爆音とともに、爆弾の投下が始まった。ヒュー、ヒューという甲高い音に続いて、大爆音が家全体を揺るがした。天井からばらばらと土埃が落下してきた。古い木造家屋なので天井裏に埃や土が溜まっていたのであろうか。私は「またきた！　またきた！　またきた！　もう許してくれ！」と、耐えるだけであった。

幸運にも大爆撃から逃れると、「ああ、助かった」と、しばし呆然としていた。爆音はしばらくして静かになり、私は自宅前の小路に飛び出し、遊び仲間や隣保の人々と顔を合わせた。人々は安堵の様相で喋り出した。仲良し隣組の人々は全員無事であった。しかし、隣りの丁目の家々を見ると、爆弾によって瓦の跡形もなく地面に大きな穴が開いていた。爆弾の凄さに震え上がった。天と地の境である。

夕方になり、私は遊び仲間とともに「缶蹴りごっこ」の遊びをしに広い道路に出て行った。するとそこには大きな戸板を四人の大人がなにやら重いものを担ぎ上げながら歩いていた。次から次へと同じような恰好で長い行列となって続いた。

戸板の上には白い布に覆われた屍体が乗っていた。五体満足の肢体もあれば、バラバラになったものもあったが、白布に覆われてよくは見えなかった。来た方角から考えると、公園のほうから来たらしい。流れ爆弾によって死亡した多くの人々をお寺へ運んでいたのだ。私たちは遊びをやめて、仲間とともに息を呑むように戸板の行列を暫し眺めていた。子供心にも私は大変な事が起こっているな、と感じていた。

この死体処理は、寺の空き地や学校あるいは役場の広場で火葬された。

8　学童疎開

本土への敵機襲来が多くなると、いずれ我が家も破壊され、家族も離散して家系を断絶させてしまうかもしれないと、空襲の頻度が高くなるにしたがって父親は考えたのであろう。大空襲の日からまもなく、私は都市部からバスで約六十分離れた親戚の家に疎開させられた。まったくの田舎であり、農村地帯である。大空襲が各地で起こっていることから、国は国民に都市部から閑静な農村へ移り住むことを推奨していた。

疎開には二種類があった。個人単位でそれぞれが行き先を見つけて個人の農村へ移る個人疎開の場合と、学校単位で遠く離れた地方へ移動する集団疎開の場合があった。集団疎開では、多くの学童や生徒が農村地帯の公民館などに集団で生活し、同伴した教諭から教育を受ける。私は個人疎開だったので、集団疎開の様子についてはよく分からない。疎開制度は国の宝である子供たちの減少を防ぐために作ったものである。

個人疎開となった私は、疎開先の学校で新しい生徒友人と共に学ぶこととなった。学校が終わると、親戚の家族の叔父、叔母、長男、長女、次女の五人と共に一緒に暮らす。親戚とはいえ、他人の家族と同居することになる。

それに、当時の農村には力仕事の支えとして必ず牛一頭が飼われていた。独立した牛舎に大事に飼育されていた。水や石鹸を使って牛のからだを洗い清潔にしていた。叔父や長男は牛の鼻輪に結び付けた一本の綱を操って、牛を自由に操作して移動させていた。しかし、私には初めてのことで、牛が近づくと逃げるだけしかできないし、手綱を持っても牛に引きずられるだけであった。

親戚の家族は私の下手な動作に対してははじめのうちは笑っていただけであったが、そのうちに「役に立たない男だなあ」という批判の言葉が耳に入るようになった。疎開してきたからには野良仕事も覚悟の上であったが、細々とした仕事はできるのに、鎌で手早く作物を刈り取り、雑草を取り除くことはできても遅くて十分にできない。子供ながらにも、居候者であることを自覚して、早く農作業に慣れるように努力した。

しかし、疎開先の家はあまり裕福ではなく、それに戦時中で食糧事情も田舎といえども余裕のあるものではなかった。それに、私のために小さな居間一つを与えてくれていた。叔父や長男は親切に扱ってくれ、農作業のやり方も根気よく教えてくれた。

しかし、疎開先の家族内で不満と不平が満ちていることを、居候者の私も雰囲気で察するようになってきた。時には、私の耳にも明らかな声となって届くようになった。「よく食べるなあ。もらっている食費よりも多いな」「居候に部屋も取られるし、これまでよりも狭くて窮屈になったなあ」「いつまで居るつもりなのかなあ、戦争が終わるまでかなあ」などの不平が聞こえた。これらの言葉に我慢し続けたが、ある梅雨時に私は雨の中を疎開先の家から飛び出す決心をした。

この家は典型的な小作農家の造りであった。土間と台所と囲炉裏を伴った食事場が一体化しており、それに隣接して、食事、居間ならびに寝室兼用の六畳と八畳間の二部屋があり、暗い二階に道具入れと四畳半、少し離れて、農機具や農作物を収める納屋、牛小屋そして一番遠くに便所が建てられていた。その家屋を守るように背後には竹藪があり、一種の防犯林になっていた。その麓には、小川が竹の根っこを洗うように流れ出し、家屋のそばをせせらぎとなって、田んぼのそばを流れる大きな川に合流していた。典型的な田舎の風情を形作っていた。

私はこの風景が好きであった。寂しくなった時には、小川のせせらぎとともに親元の家を想像しながら過ごしていた。もちろん空襲警報の音などは全く聞こえることはなかった。どちらかというと、私は内向的であり、毎日のように聞こえる中傷的な噂話に耐えきれないようになっていた。意を決して私は傘も差さずに荷物も持たずに、咄嗟に竹藪の中をくぐり抜けて、小川に沿って田んぼ道に飛び出した。そして、バス道に通じる小路を一目散に歩き続けた。お金もなかった。バス停留所のある鎮守の森のほうに向かった。何も考えなかった。ただ単に、無性に故郷が恋しかった。

しかし、停留所の近くで叔母に捕まり、再び疎開先の家に連れ戻された。叔父や長男は優しく声を掛けてくれた。叔母や次女はほとんど口を利かなくなった。農村には電話のない時代であったが、翌日に父親が疎開先の家に来てくれた。お叱りの言葉かと覚悟を決めつけていたが、何も言わずに、一緒に疎開先を離れて、元の家へと連れて帰ってくれた。約一ヶ月間だけの疎開生活であった。

疎開以前の元の国民学校では、個人疎開が少なく、そのうえ、集団疎開の適応校ではなかったので、疎開以前のように変わりなく授業が行われていた。先生や同級生も皆同じであった。非常に嬉しかった。

その後、連合国軍による空襲は激しさを増していった。空襲警報で防空壕へ、警報解除で自宅へ、と行き来した。このような繰り返しの生活が続いた。しかし、私にとっては、疎開して一人だけが爆弾から逃れるよりも、これまでの家族や友達と一緒にいることのほうが嬉しかった。皆と一緒なら爆弾で死んでもよい、とさえ思うようになっていた。このことは私の心に深く浸透していた。

９　満州開拓団

満州開拓団とは、一九三一年（昭和六年）に起きた満州事変から一九四五年の太平洋戦争敗戦時に至るまで、旧満州国に国策として送り込まれた入植者（満蒙開拓移民）のことをいう。政府は満州国を自他ともに強くするために、農地を増やし人口増加を目指して、各府県に開拓移民団を結成させ、移住人数を増やす政策を進めた。最低のノルマを課していた。

私の叔父一家がその大阪満蒙開拓団に加わるという。父親は六人兄弟であり、一番末っ子であった。すぐ上の兄は大阪に居住していた。私から見れば叔父さんである。叔父の家族には五人の娘と一人の末っ子の男児がいた。男児とは年齢も近いことから、省線電車（現在はＪＲ電車）で父親に連れられて大阪へ遊びに行くことが多かった。

大阪には河川が多いためか、橋のほかに地下道が造られていた。叔父の家に行くには大阪駅から北のほうへ出て、しばらくしてから地下道への階段を下りて行った。何の看板も飾りもなく、裸電球で薄暗く照らされた殺風景な地下道を、大きな靴音や小走りの騒音を聞きながら十分ほど過ぎれば、上りの階段で地上に上がり路地に沿って歩くと、木造長屋の一角に叔父の家があった。

父親と叔父との会話の中に、「満州、満州」の言葉が時には大きな声で聞こえてきた。罵声の飛ぶ大きな声もあった。怖かったが、端正な顔の従姉たちが別の部屋で遊びの相手をしてくれた。帰る途中に、父親の顔は青ざめており、

「馬鹿な奴だ、日本の戦況が悪いことが分かっているのに、なぜ行くのか」

と憤慨していた。

半年ぐらい経ってから、叔父から「満州へ行く」との手紙があり、再び父親とともに大阪の叔父宅へ行った。しかし、すでに留守宅となっており、慌てて大阪駅に戻ったところ、広い大阪駅の西側広場に大勢の人々が集まっているのを見つけた。そこに叔父の姿もあった。ゲートル（ズボンの裾を押さえ込み、下脚部を幅広い紐で巻き込む脚絆のこと）を巻いた大人や襷《たすき》掛けの婦人たち、水筒をかけた子供たちが、旅支度の装束で集合していた。先頭の人が持つ旗には、「満州開拓団・大阪府」と書かれていた。

叔父が私たちに近づいてきて、父親と何か寂しそうに話していた。満州行きを反対されるから誰にも言わずに出発しようとしたらしい、と父親が言っていた。まもなく駅構内へ

入ったが、同じ列車であった。叔父たちは開拓団の人々と一緒になって一連の客車に座り、私と父親は普通の客車に乗り込んだ。博多駅行きであった。

私は明石駅で父親とともに下車した。ホームに降りて急いで叔父たちの客車のところへ走り寄り、父親は窓越しに叔父と固く握手していた。列車が見えなくなるまで手を振りながら見送った。

しかし、その後、無事に満州まで到着できたのか、次第に爆撃の回数が多くなる報道を見ることから、すでに移民船が撃沈されたのか、分からないままであった。ついには、何の手紙もなく、政府からの音信もない。終戦後の生死のこともわからない。

10　玉音放送

私は路地裏の日陰に床几《しょうぎ》を置いて、シャツ姿で寝そべっていた。下町の長屋に住む人々の生活風景である。真夏の空は青一色で、時折、白雲の一塊が西から東へと流れていく。飛行機の爆音もなく、空襲警報のサイレンもない、静かな昼下がりであった。しかし、突然近所の人々が忙しく動き回りだした。何事かと屋内に入り姉に尋ねた。

「今から天皇陛下のお言葉があるそうだ。どこかラジオのある家はあるかな。うちの家のラジオは雑音が多くて聴き取りにくいのや」

するると、前の家からラジオ放送が漏れ聞こえてきた。天皇陛下の終戦宣言であった。
「朕は帝国政府をして米英支蘇四国に対し、其の共同宣言を受諾する旨通告せしめたり」

このような言葉らしいが、私には難しい言葉を理解できなかった。姉や近所の人々が泣きながら小声で叫んでいた。「戦争に負けて、降参するらしい。いや、すでに降参したらしい」「もう空襲もないのか」「もう兵隊さんにはなれないのか」などの話し声が聞こえてきた。

戦争が終わったらしいと、私は悟ったが、深い感傷的な気持ちは浮かんでこなかった。無理もない年頃であった。

第3章　終戦後の生活

1　社会情勢

国民学校三年生の私には、特に社会の変化を敏感に受け取ることはできなかった。自宅は戦災を免れ、隣保の家々も同じように立ち並び、これまでと変わらぬ風景であった。近隣の人々も同じ顔触れで終戦前と同じように会話し生活していた。ほかの地区には戦災で焼け野原となっている所もあったが、ああ焼けたのだなあと、感ずる程度であった。

国民学校は小学校と改称され、これまで門前に起立して、登校の生徒を睨み付けていた週番の上級生はいなくなった。玉音放送の翌日に全校生が校庭に集合し、校長先生の話を聞いたことを記憶しているが、どのような話であったか分からない。

物資の不足から、進級しても新しい教科書は数人の生徒で一冊を共同使用することになっていた。隣机の級友数人と一緒に利用するのである。しかし、これも年を数えるごとに、次第に改善されていき、次年度は三人に一冊となっていた。

終戦当時には、いろいろなデマや噂話が蔓延っていた。「進駐軍がどの家にも入ってきて暴行や奪略されるらしい」などの話を聞いていたが、私たちのところは何事もなかった。また、住民同士や他人との略奪騒ぎも暴力沙汰もなく、平穏に経過していた。連合国司令長官・マッカーサー元帥が戦後の日本を精神的にも物質的にもよく統治し、円滑な占領政策によって日本が荒廃から次第に復興していったと聞いている。

戦争により家族を失くして一人暮らしになった人々も多くあり、夜に働く外国人相手の女性も街角で佇むようになった。片足を失くした傷痍軍人がアコーディオンを弾きながら募金箱を前に座りこんでいた。しかし、所々で泥棒や小さなギャング団が彼方此方で見られるものの、大きな暴動などは聞かなかった。

2 食糧事情

終戦前から、次第に食糧不足は深刻になっていったことは子供心にもよく記憶している。白米のご飯はほとんど口に入ることはなく、麦ご飯ならば上々の食事で、ご飯の量を増やすために、水を加えて〝雑炊〟として食べるのが通例となっていた。春に芽生える〝つくし〟などは上等の副食（おかず）であり、タンポポなどは食べ尽くされてほとんど見られなくなった。昆虫の〝いなご〟などは蛋白質でもあり、ほとんど取り尽くされていた。

我々は連合国軍による食糧援助により生き延びていったと聞く。私が記憶している食料としては、高粱《コウリャン》が主食にとって代わろうとしていたことだ。これはトウモロコシの一種の食べ物であるが、時には下痢をきたすことも多かった。その他には、サツマイモが主食の代用品でもあった。麦ご飯の中に大きな蒸したサツマイモが占領していたが、ほかに食べるものがないので、ありがたく食べて飢えを凌いでいた。

学校では給食が始まり、栄養補給として脱脂粉乳が配給された。これは牛乳から脂肪と水分を完全に除去して粉末状としてユニセフ協会から支給されていた。これをお湯で戻してスープとして飲用したが、蛋白質、カルシウム、乳糖などを多く含んでおり、栄養価が高いことから、戦後しばらく学校給食に用いられた。しかし、脂肪がまったく含まれていないので腸管に対する刺激があることから、下痢する学童もみられた。私も元々下痢しやすいので、少しずつ舐めるように時間をかけて飲んでいた。

鯨肉は貴重品であったが、鯨油を採取した後のものも多く、脂身がなく硬くて淡泊であった。水菜とともに時間をかけて煮たものが美味しく、皆から好まれてよく食べられていた。クジラはその部位や料理方法によっては高級料理ともなっていた。鯨肉のみならず鯨皮はもとより、鯨油や骨格や髭なども利用されており、クジラは捨てる部分がないほどに貴重な食料品であり、日用品でもあり、工業製品の材料でもあった。

ちなみに二〇一九年、日本は国際捕鯨取締条約から脱退し、日本近海や排他的経済水域のみの商業捕鯨を行うこととなった。

3 引揚船

終戦の年の一九四五年十月から一九五八年九月まで、シベリア、旧満州や朝鮮半島より在留邦人や復員兵の本土引き揚げが始まった。白山丸、雲仙丸や興安丸ほかの引揚船で呉港をはじめ博多港、舞鶴港、佐世保港、函館港などの十八港へ復員した。中でも歌になった二葉百合子の『岸壁の母』は広く知られ、舞鶴港と興安丸が全国的にも引き揚げの中心として有名になった。

父親の兄、すなわち叔父一家が旧満州へ開拓団として入植していたはずであるが、明石駅で一行と別れた後には便りがなく、無事に旧満州ハルピンに着いたのか否かも分からなかった。しかし、もしやという希望を抱いていた父親は、新聞に掲載される引揚者の名前を毎日のように凝視していた。「舞鶴港に行って探したい。会えないのは分かっているが、舞鶴港の役人に聞けば、何か手掛かりがあるに違いない」と、毎日真剣に話していた。終戦後の混乱期で列車の本数も少なく、買い出しの人々で駅や客車内が大混雑する頃であった。そのうえ、舞鶴駅まではかなりの距離であり、宿もない時代であったので、舞鶴港へ行くのは無理と思われた。結局、家族が説得し父親も出掛けることを諦めた。その後、何の手掛かりもなかった。

4　中国残留日本人

満州開拓団として旧満州に移民していた日本人は、ソ連侵攻と関東軍の撤退により、満州における社会秩序は崩壊した、と新聞で報道されていた。内陸部への入植者らの帰国は困難であり、混乱の中で家族と離れ離れになり、命を落とした者も少なくなかった。

身寄りがなくなった日本人のうち、幼児は縁故または人身売買により中国人の養子として「残留孤児」になり、女性は中国人の妻として「残留婦人」になり命脈をつないだ。その後、中国の内乱もあり、中国と日本との国交がないままに、在留邦人の実態を調査することもできなかった。叔父一家について、父親はほとんど諦めかけていた。

一九七八年八月に日中平和友好条約が調印され、一九八一年三月に残留孤児訪日調査が始まり、以降一九九九年十一月まで、肉親との血縁関係を確認するために残留孤児が訪日した。それとともに、残留孤児にとらわれず、残留婦人やその他の残留日本人の血縁確認や身元引受人の調査も実施されるようになった。残留日本人が祖国日本へ一時的に帰国し、肉親等の引受人を探し出すことになった。

一九八八年、私の従姉にあたる叔父の三女が、突然に調査訪日団の中に加わっていた。父親は叔父の身元引受人となっていないので、叔父の妻側の親族が大阪在住であったこともあり、引受人となっていたらしい。その親族より明石市役所を通じて連絡があり、従姉が明石の自宅を訪れた。父親のみならず二人の姉たちはびっくりした。姉と従姉とは大阪在住の頃に年恰好もあまり差がないのでよく親交していたことを私も記憶していた。

従妹の来訪に家族一同は非常に喜び、約一週間の滞在であったが、大いに歓迎した。従姉は明石のことをよく覚えており、忘れかけていた日本語を頼りに、墓参りや公園などの懐かしい場所を訪問して回った。父親や姉たちは、満州国へ行った時の様子やその後の暮らしや、その他の家族の行方などを知りたかったが、三女はそのことを頑として喋ろうとはしなかった。

三女はやっと少しだけ話してくれた。大阪開拓団は大阪から列車で下関に着き、船に乗り換えて、満州国の大連かどこかに着いた。それからどこか分からなかったが、開拓団の人々は集団のまま、ひとつの場所に集められ、農場などへ行く予定であった。しかし、間もなく、なんだか分からないが、恐ろしいことが起こり、

「逃げろ！　殺されるぞ！」

の怒声に追われて、一目散に家族全員とともに、一生懸命に訳の分からぬままに、逃げ惑った。集団は散り散りになり、家族も離れ離れになった。

三女は独りぼっちになり、食べる物も寝る場所もなく、大阪から来た同じ集団の女性三人と共に途方に暮れて茫然としていた。そこへ、中国人が数人寄ってきて、別々に連れて行かれた。

三女を連れて行った中国人は幸いに優しい男性であり、何とか命拾いをしたという。その後はその男性と結婚し残留婦人として中国で生活した。

子供は一人できたが、成人して独立していたので、中国人の夫と二人だけの生活となり、日本の経済成長を新聞などで聞くたびに、日本へ一時帰国の申請をして大阪へ帰ることができた、と話した。結婚後に夫と共に三女の家族の消息を探し求めたが、不明であった。ただ、末弟が生存していると噂に聞き、今も探し続けているという。

日本への永住帰国について、三女が私の父親に相談した。父親は姉二人と私に家族会議のような格好で話を持ち出した。姉二人はすでに成長し独立した子供を持つ家庭の主婦であり、私も娘三人を持つ壮年者となっていた。永住帰国について、両親、姉、私、弟と家族で真剣に話し合った。

日本が高度成長の時代であったので、残留中国婦人から見ればどうしても繁栄した日本国で生活したいと思ったのであろう。残留婦人の三女はすでに五十五歳に達しており、日本語は小学生時代に覚えたものであるが、日常生活の会話に不自由はないものの、年齢的にも日本で仕事に就くことは難しいと思われた。

さらに、十歳年上の夫を日本へ連れ帰るという。夫は教諭をしていたが、すでに退職して年金生活をしている。もちろん日本語はまったく分からない。日本政府から支援があるから、日本で生活はできるという。

私の家族全員が三女の帰国に対して大いに憂いを抱いた。三女は中国ですでに安定した生活をしているのに、なぜ、日本で苦労しようとするのか、一時帰国制度では複数回にわたり政府の支援はないだろうけれども、日本に一時帰国したければ夫とともに数回にわたり訪問すればよい、その時の費用は家族でなんとか支援しよう、だから永住帰国はしないほうがよいと諭した。

しかし、三女は母方の親戚の支援を得て永久帰国の申請書を提出し、一年後に大阪へ帰国した。その後、間もなく十歳以上も年上の夫を大阪へ呼び寄せ一緒に生活することとなった。その当時の日本は先進国となり経済大国となっていた。その一方で中国では、文化大革命による国土荒廃から回復しつつあり発展途上国で、あまり国民の生活は豊かなものではなかった。特に旧満州地区では貧しい人々が多く、三女の旧満州での生活も同様であった。いったん一時帰国し日本の繁栄を目の当たりにした三女にとっては、大阪での生活を忘れることができなかったのだろう。

三女は夫とともに日本で生活することとなった。しかし、日本語が一切分からなかった夫はうつ病となり、二年後に大阪の地でその生涯を閉じた。彼女は生活保護を受けながら日本の生活を続け、現在、九十歳になろうとしている。中国で立派に成人していた子供たちと離れ、崖っぷちの結婚で中国の在留を救ってくれた夫と死別した。その心の中は如何ばかりかと思われるが、そのことについては、一切話そうとしない。

ちなみに、政府公報より二〇一八年八月三十一日現在永住帰国を果たした中国残留邦人とその家族は約二万人であると記されている。中国人を伴って永住帰国した人の人数は分からない。

第４章　小学校の卒業まで

１　学校教育法による新制教育制度

昭和二十二年に新しい学校教育法が制定され、小学校六年、中学校三年、高等学校三年、大学四年、いわゆる六・三・三・四教育と決められ、国民のすべてが等しく教育を受けることとなった。小学と中学までは義務教育となった。

私は小児喘息や自家中毒に悩まされ、小学生まで生き延びることはできないであろう、と小児科医に宣告されていた。その私が戦時中の激しい爆撃や厳しい食糧事情にも耐えて、第二次世界大戦終戦を迎えたのは小学三年生の時であった。軍国主義から民主主義に転換する大きな時代であり、日本の政治と社会の激変期であった。

しかし、当時の私にはそれを肌で感じることはなく、戦争は終わった、日本は負けた、という言葉を巷の話や家族の会話から否応なしに脳裡に叩き込まれた程度であった。大人のような感傷を持つことは無理であったのであろう。戦時中より食糧事情に乏しく、それが当たり前のこととなり、終戦時にも同じことが続いていたので、戦争前と戦争後の違いをそれほど理解できなかった。

小学校では物資不足の影響が出ていた。教室の授業では、一つの教科書を隣同士の級友と二人で共有した。机の端をくっつける様にして机を並べ、その二つの机の真ん中に教科書を置き、一緒に本の端を握り合って読み書きした。可愛らしい女生徒が隣に座った時には、少し照れて緊張しドキドキすることがあった。終戦前までは、小学三年になると、男子と女子はクラス分けがはっきりしていて男女は同じ席に着かない、との原則であった。男女共学のおかげで女の子と一緒に勉強できるようになった。

体育では軍隊の訓練に似たような連隊歩行や行軍はなくなり、男子は野球、女子はソフトボールなどが取り入れられるようになった。私はスポーツが大好きで、近所の男の子と一緒に早くから野球を始めていたので、学校でも上手いほうであった。野球では、女の子の前でホームランを打って、皆から拍手をもらおうと思い、いい恰好をしたかった。だが、好きな子の前では、過剰に意識して上手く打てなかった。

2　学芸会

教科では絵画や音楽や遊戯が大の苦手であった。体質的か知らないが、芸術的な才能がなかったのであろう。そのために、音楽祭の合唱や斉唱には演壇に並ぶこともなく、学芸会には端役さえも回ってこなかった。

そのために、音楽会や学芸会に対しては偏見や反抗心さえ芽生えてしまい、その当時にはもちろんのこと、現在も未だに芸術に違和感あるいは反抗心のような感情を持っている。そのような観念は悲しいと思うが、どうしようもない。

学芸会に出演する学童を選ぶ時には、クラスの先生が全員の前で名前を呼び上げる。そして、指名された学童たちが放課後に練習し、その成果を学芸会の当日に親や家族の前で披露する。それが学童の憧れであり、華やかなことでもあり、同級生に対して優越感を持てることであった。

しかし、六年生を卒業するまで、私はその夢を叶えられることはなかった。私は常に学級委員（昔の級長に相当するが）を務め、クラスを統率することはもとよりのこと、学年全体の学業成績もトップであった。学芸会に選ばれても当然である、とクラスの皆もそう思ってくれた。しかし、放課後にはいつも寂しく家路に就いていた。

戦後になって教科書などの文房具類は不足していたものの、教育そのものは新制の学校教育制度が落ち着き始め、同時に社会情勢も安定して発展し、生活も順調に回復していった。

それにもかかわらず、私の喘息は小学校の高学年になるにつれて再発することが多くなった。戦時中には防空壕内でも発症しなかったのになぜだろうか、と不思議に思った。特に秋や春の季節の移り目に発症し、なかでも秋の真夜中に咳が酷くて呼吸がしにくくなり、朝まで眠れないことが多くあった。朝方になると喘息発作は下火となり、ようやく眠りにつけたが、登校のために朝六時半には起きなければならなかった。そんな中でも私は睡眠不足で辛いけれども欠席しなかった。

私の母親は教育に厳しく、授業を欠席することを酷く嫌った。発熱があれば通学しなくてよいと言うが、発熱以外の場合には欠席することを許さなかった。時には喘息時に気管支肺炎を併発し発熱するので、その際には授業を欠席した。それと同時に学校給食で提供される脱脂粉乳で下痢を起こすこともしばしばであった。幼少時に小児科医に宣告された病名、自家中毒症が影響しているのかもしれなかった。

このように気管支肺炎を伴う喘息と脱脂粉乳による下痢の繰り返しで授業を欠席することも少なくなかった。しかし、学業成績が下回ることはなかった。通知簿でも絵画と音楽の評価点数は低いものの、総合点でトップを維持していた。恐らく、学級の担任教諭が、もし私を学芸会の役割の一人に与えていたら、肺炎や下痢のために当日に欠席するかもしれない、だから学芸会の一員に指名しなかったのかもしれない、と私は勝手な解釈で自身を慰めていた。それにしても小学校を卒業するまで、一度も学芸会に参加できなかった無念さは子供心にも大きな傷跡を残したように感じた。その結果、成人してからも演劇や音楽などの芸術鑑賞をすることはほとんどなかった。小学生時代の無念の感傷が湧いてくるからだ。

３　いじめ

私は隣組の子供たちと共に仲良く登校していた。歳が近い学童は五人ぐらいで、ジャンケンで負けた者が四人分のカバンを両手に持ったり、両肩や首筋に掛けたりして持ち運び、次の電柱に着いた時に再びジャンケンして交代する。このように学校に到着するまでジャンケンを続けた。

しかし、他の隣組に住んでいる同じ学年の男の子B君がA君に対して執拗に「いじめ」をするようになった。A君は私と同じ隣組であり、いつもジャンケンごっこをしている仲間である。登校や帰宅時に「いじめ」をするのではなく、教室内でいじめるのである。授業中にA君の机に毛虫を置いたり、ノートブックを隠したり、鉛筆の芯を折ったりしていた。さらには、授業の合間、休憩時間に脚を絡ませて転倒させるような暴力的な行動もするようになった。これらの行為は他の学童が見ている時にはやらなかった。

A君は真面目で弱々しい男の子で何の抵抗もできず、ただ耐えているだけであった。

一方、B君は筋肉も隆々で色黒くスポーツも得意な子供である。いわゆる荒っぽい感じの権太坊主（地方の暴れん坊）である。しかし、誰彼となく無差別に暴力を加えるのではなく、手の負えない子供ではない。なぜか、A君に対してだけ「いじめ」をしており、その理由は理解できなかった。そのうちに、B君は人前でもいじめをするようになって、たちまちクラスが暗い雰囲気になった。

だが、権太坊主のB君は私には親しみを持っていた。その理由は、B君は権太ではあるが、スポーツ好きであり誰かと競い合うのが好きな少年であり、私と会えばいつも、駆けっこの競走をしたり、海水浴で十メートル競泳したりして、競い合う良きライバルであったからだ。その勝負は勝ったり負けたりで、その機会があれば、いつも挑戦してきた。ある時、Ｂ君に向かって、なぜＡ君に「いじめ」をするのか聞いてみた。その時に、意外な原因が浮かび上がった。

「いじめ」の原因は両君の家族にあった。Ｂ君の家族ではＢ君が幼少の頃に父親が病死し兄とともに母親一人で育てられた。戦中戦後の社会混乱期で食糧事情の良くない時期に苦労したに違いなく、母親は男勝りのように気が強く、話し言葉も動作もとても女性とは思われないような偉丈夫（婦）に似つかわしい人であった。魚の仲買人のような仕事で生計を立てていた。

　あるとき、Ｂ君の母親が初めてＡ君の家に魚を売りに訪れた際に、その母親の風貌を見て、Ａ君の家族が忌み嫌うような素振りでＢ君の母親を追い返した。Ｂ君の家に帰った母親は怒りとともに悲しみ、あの気丈な母親がＢ君の前で涙をそっと流したという。それ以後、Ｂ君はＡ君を仇のようにいじめ始めた。このようなことをＢ君は私に寂しく話した。そのことを聞いた私は何も話すことができずに頷いたまま別れた。

一週間ぐらい経ったある日、自習時間の時にB君がA君が座ったままの状態で椅子を蹴っ飛ばしたので、A君は床に椅子とともに横倒れとなった。幸い怪我はなかったが、このことが女生徒から教職員室の教諭に伝わり、B君の母親が学校へ呼び出された。

その翌日、母親は路地で草野球をしていた私に近づき、

「もしいじめをしている時には、十分注意してやってくれ」

と私に依頼した。母親にはいつものような男勝りの風貌はなく、しょんぼりとして、何か物思いに耽った様子であった。何か学校の先生からかなりの衝撃的な話でもあったのだろうか。頭の良い権太のB君は母親の悲しい顔つきに窮状を察したのか、あまり学校では暴れなくなった。

一方、A君は相変わらず弱々しく権太のB君を避けるようになり、必要以外には自宅から外出しなくなり、引き籠りが多くなっていった。しかし、小学校を卒業するまで、目立った混乱もなく過ぎた。

４　図書館

私の家はＡ君の自宅の近所でもあり、Ａ君と仲良く遊んでいた。終戦後に野球が普及するようになっていたが、特に近所の路地で楽しめる三角ベースの草野球に人気があった。Ａ君たちと一緒に放課後にカバンを放り出して野球をして遊んでいたのに、いじめを契機としてＡ君は学校でも自宅でも弱々しく閉じ籠りが多くなった。声を掛けるが、あまりよい返事が返ってこない。しかし、ある日、近所の草野球の仲間の一人で、高校一年生の先輩が私に図書館へ行こうと声を掛けてきた。

「もうすぐ小学校を卒業し中学生になるのだろう。それなら小学校のガキのように遊ぶばかりでなく、勉強する癖も付けなければいけないよ。ちょうど図書館へ行くところだから、一緒に行こう」

と誘ってくれた。私はＡ君が読書好きと聞いていたから、一緒に行こうと誘った。最初はなかなか応じなかったが、先輩も口添えしてくれ、私たちは海岸近くにある図書館へ行くことになった。

図書館は明石海峡を隔てて淡路島を望む絶景の海岸沿いにあった。明治時代の古い立派な威厳のある木造建築物内にあり、近所の人々は中崎公会堂と称していた。一九一一年（明治四十四年）に建築された公会堂で、夏目漱石が講演した歴史があるという（明石観光協会資料）。奈良・鎌倉時代の建築様式を取り入れ、建築技術史的にも貴重な建造物で、国登録有形文化財にも登録されている（同協会）。

その一角に図書室があった。終戦後に市役所が図書館の代わりに使用していた。図書室はあまり大きい部屋ではなかった。しかし窓から眺める景色は松林を通して白砂を眺め、海峡の波間に柿本人麻呂が出現しそうな、白砂青松を絵に描いたような光景であった。

しかし、裕福な時代ではないので、図書らしい本はあまりなかった。ましてや小学生向きの図書を整備するほどの余裕もなかったのであろう。退屈なので、がやがや喋っていると怒鳴られた。

「ガキの来るところではない」

と恐ろしいおじさんにお叱りを受け、A君とともに靴を片手に飛び出した。図書館とは怖いところだな、という印象が残った。しかし、A君は久しぶりの遠出であったのであろうか、少し明るい表情で話してくれた。

今も古い威厳のある公会堂は残存しているが、周囲の一部海岸は埋め立てられ、マンションが林立し、昔の面影はどこにもなく、その建物を覗こうとも思わない。昔の少年時代の素晴らしい光景が汚されそうで悲しい。この時、A君と少しでも話せたのが嬉しかった。

5　小学校卒業

終戦後の社会情勢も次第に平静化しつつあり、六年生の頃になると教科書も一冊を隣同士で使用するのではなく、一人一人に配布されていた。しかし、白黒印刷でカラー印刷ではなかった。給食の食事内容も次第に良くなり、脱脂粉乳のミルクばかりでなく、味噌汁をご飯に添えて提供されるようになった。しかし、ご飯の時は少なく、一週間のうち一回だけがご飯であった。麦ご飯は仕方がないが、その中に大きなサツマイモがお茶碗を占領し、ご飯は碗の縁に追いやられていた。

卒業旅行も計画され一泊旅行とまではいかないが、奈良への日帰り旅行をした。奈良の大仏、興福寺や猿沢池、それに春日大社、鹿の群れなどを覚えている。観光バスによる旅行ではなく、乗合バスがやっと普及し始めていた頃であったので、煙を吐く蒸気機関車が修学旅行用に手配されていた。問題児たちもすべてを忘れて皆と一緒に、列車がトンネルに入るたびに、窓ガラスを閉じたり開けたりして列車の煙突から吐き出す黒い煙を避けながら楽しく過ごした。

秋の運動会や修学旅行を経て、小学校六年生の三学期となると、卒業を控えてそわそわする時期となった。ところが、担任教諭が体調不良のために登校不能の日々が多くなり、授業がキャンセルされ自由時間となった。この状態が長くなると、如何に子供といえども六年生になり今後の進路に不安感を持つのは当然であり、クラスの雰囲気が暗くなってきたのを感じた。

義務教育のためにすべての生徒が中学校へ進学できるが、一部の生徒は私学中学校へ進むので、いろいろの手続きや入学試験も待ち受けている。臨時の教諭では己の学科を満たすことはできても、個々の生徒の進学相談などは親身になって話すことはできない。学級委員を務める私はその雰囲気を悟り、「先生はもうすぐに出勤されるから心配するな」「皆でこれまで習ったページの内容を復習しよう」「体育の時間に切替えて、皆で運動場を一周して体力を増強しよう」などと、暗いクラスの気風を取り除くことに努力した。そのうちに担任教諭も体力を回復されて授業や個別相談なども軌道に乗り、生徒の心情も落着きクラスも活発になった。

卒業式では、クラス代表として私が卒業証書を受け取った。その後で、担任教諭から、「休職中は大変な努力をしてくれ有り難う」と労われ、嬉しく思った。春を感じながら、私は日暮れ刻の暗い道を歩き、我が家へと向かった。「ああ、これで小学校は終わったぁ」と、少し感傷的になって、薄暗い長屋に住む母親に、

「卒業したよ」

と報告した。

「お前も病気しながらもよく頑張ったよ。おめでとう」

と言ってくれた。しかし、これまでの緊張が緩んだのか、翌日より発熱が続いた。喘息も再発し、春休みの期間はすべて病床に伏した。

第5章　中学時代

1　英語の試験成績ゼロ

小学校卒業後より発熱が持続し、百日咳という医師の診断により三週間の自宅安静が続き、中学の入学式には出席できなかった。通常ならば、入学式後に担任教師から、クラス分け、授業の進め方、課外活動、その他注意事項など多くの通達事項あり、オリエンテーションを受けて、それに従って今後の学校生活を円滑に過ごしていく。しかし、病床に伏していた私は、入学式にも出られず、中学の授業が始まって一週間後に初めて登校できた。

小学校から中学校へ進学する時は、生徒にとって大きな転換点であり、教育体制や学科目や学習方法が小学校と大きく変わる。オリエンテーションを受けていない私にとっては、担当教師の顔も分からず、ただひとりで別世界に放り込まれたような感じであった。小学校では担任教諭が原則としてすべての学科を担当して授業し、そのうえ生活に対してもアドバイスする。すべてを担任教諭に頼ればよかった。しかし、中学校の授業はそれぞれの教科の専門教師が入れ替わり立ち替わりして教育し、担任教師はそのクラスの生徒に対して「生徒の面倒」を見るだけである。登校初日といえども、担当教師にも専門教科があり、一人の生徒だけに時間を割く訳にはいかない。

教科書は予め購入していたので、授業時間割に沿って該当教科書を用意して、担当専門教師の授業を受ければよい。しかし、すべてが新しいことばかりで緊張の極みである。そこで、親切にアドバイスしてくれたのが小学校でいじめを受けていたあのA君であった。授業開始前に用意するもの、特徴のある教師に対する注意事項など親切に話してくれた。私は途方に暮れていたので大いに助かった。

中学校から英語の授業を生まれて初めて受けることとなった。噂によれば、英語教師は女性で、長身のうえ少し円背で、白髪の混ざった長髪を後頭に丸く束ねた、いわゆる戦時中のおばさんが結っていた髪型をしていた。円背ではあるが、スラックスを着用し、颯爽として歩く日本人離れの歩容であった。アメリカのシルバー女性の容姿に似ていた。純粋の日本人であり、鋭い眼で睨む容貌はすべての生徒を震えさせている。話し方にも威厳があり、男性教師よりもはきはきした話し方で、生徒たちは緊張のあまり雑談などまったくできなかった。五十分間緊張の連続で授業を受ける。年齢は推定で五十歳後半と思われていたので「おばん」とあだ名がついていた。

英語などは初めての教科であった。そのうえ、噂に聞いた強者の女性教師である。

「今日はこの並びの席に座っている君たちに英語の文章を読んでもらおう。君は前回に欠席していたな、君から読め」

とのお言葉である。私は震えながらなんとか英文を読んだ。初めての英語で発音も意のままにならない。小学生の時に覚えたローマ字のように発音した。

「もうええ！　やめとけ！　聞いておれんわ。もっと勉強してこい。正根を入れるために、しばらく立っておれ。次、次の奴、お前は少しはましやろうな。早く読め、次」

と、このように軍隊のようなキビキビした授業である。

あの弱虫なA君は私と同じクラスであり、私の後部二席目に座っていた。権太のB君とはクラスが離れていたので、小学校当時のようないじめ騒ぎはなかった。私が知らぬ所でいじめが続いているのか分からないが、心配していた。でも元気そうである。A君はよく予習もしていたのであろう。すらすらと英文を英語らしく発音していた。

「良し、このように英語を読むんだ。分かったな、お前！」

と、女性教師は私に怒鳴った。

「はぁ、分かりました」

と私はペコっと頭を下げた。

「座って良し、座れ」

緊張の瞬間がやっと解かれた、と思ったのも束の間、

「いつものように簡単な試験をする。紙を配って！」

と教師が前列の生徒に命じた。この英読本で読んだ英単語の中から教師がいくつか英語の単語を発音し、それを日本語に訳するものである。

「よし、止めろ、答案用紙を集めろ！　次回に成績を公表する。前回の成績はA君が一番よい。百点満点じゃ。次回からは英語授業の始まった時に前回の成績を公表して、それによって成績の悪い生徒を厳しく教えることとする。いいな、よく勉強しとけよ。本日はこれで終わり！」

おばん先生はサバサバしているが、あまりにも生徒にとって緊張が強すぎるので、教師が去った後、生徒が皆ぐったりしている。私もびっくりのあまり茫然としていた。

それから二日経って、再び英語の授業が回ってきた。おばん先生が教室へ入ってきた。

「前回の成績を発表する！　君はゼロ点だ、しっかりしないと、高校へ入れないぞ」

とおばん先生は私に向かって鋭い眼差しで言った。そして、その日も授業の後半に、いつものように単語テストが行われた。英語にも慣れてきたのか、私は前日にほとんどの英語訳を予習し暗記していた。

その次の英語の時間には、

「よし、今回は満点やな。この調子でいけよ」

とお褒めの言葉を頂いた。

2　体育部

私は入学時にオリエンテーションを受けていないので、中学の学習予定や課外活動などすべてが判らない。放課後はどのようにすればよいのか、気になるがどうしようもなく、私は六時間目の最終授業が終わるとそのまま帰宅していた。

担任の先生に尋ねると済むことだろうが、小学生から中学生になったばかりであり、どのように相談したらよいのかも分からず、本来の内気の気性が先行して、放課後は帰っていいものだ、と自分で決めつけていた。多くの生徒は放課後の課外活動に生き生きとして部室へ向かっていた。

体育部と文化部があり、何も入らずにすぐに自宅へ帰るのは帰宅部として軽蔑されていた。体育部では、野球部やテニス部やバスケットボール部などが盛んに練習していた。スポーツ好きの私にとって、すぐに帰宅するのは淋しかったが、長い間病床に伏していたこともあり、健康も十分に回復していないので、仕方なく運動場でぼんやりと野球部員の練習を見ながら帰宅していた。野球が好きであったが、三年生の上級生に物凄く叱咤されて、汗いっぱいに走っている同級生を見ていると、体力に自信がなく野球部に入ることは無理であると思った。

帰宅部は軽蔑され嫌なので、私は文化部の理科研究部へ入部した。稲の生育を観察するような研究で、女生徒が数人入部していた。一回だけ顔を出して、その後は気が進まず欠席した。

どうしてもスポーツ部に入りたい、という気持ちと、体力とのジレンマに悩んでいたが、同級生の一人がバレーボール部の入部を勧誘してきた。

「新入生でただ一人の部員だから、部員をもっと増やさないと、チームが強くならない。

頼むから入ってくれ」

と、強引に入部させられた。そして、健康を増強するには野球よりもバレーボールぐらいがよいのではないか、という医師の示唆もあり入部した。喘息が時々には生じたが、次第に身体がスポーツに適応するようになったのか、他の部員と同じように練習できるようになった。

そのうちに他の同級生も入部してきて、バレーボール部は次第に市内でも強豪チームになっていった。三年生の頃には大会の優勝候補ともなっていた。そこへ、大学時代にバレーボールの優秀選手であったという男性教師が部の顧問として赴任してきた。激しい練習にも耐えられた。優勝候補と言われていたが、春の大会に決勝戦で敗れた。

表彰式で準優勝の賞状を受けた後で、学校の部室へ全員集合するように、と顧問に言い渡された。反省会のようである。決勝で敗れて元気はなく疲労の極みに達していた。そして顧問が部室に入り、全員起立させられ、各人に試合の敗因を述べさせられた。皆それぞれに、その理由について発言したが、言い訳のように捉えられた。

「その言い訳が勝てなかった原因である！」

と、顧問は総括したうえで、

「活を入れてやる」

と、全員が横っ面を殴られた。反省会が終わってから誰も一言も言わずに家に帰った。なぜか、その後、部活の練習を欠席する者が続出し、秋の大会には一回戦で敗れた。

３　高校入学試験

義務教育のため小学校から中学校へは入学試験なしに進級することができたが、高校へは入学試験があり、受験勉強をしなければならない。しかし、それほどの受験地獄でもなく、その他の私立高校へ行こうとする者が一人だけであった。

当時、灘高校でもそれほど難関ではなく、むしろ経済的に裕福な家庭の生徒が進学する、いわゆる「お坊ちゃま」の学校であった。灘中学・高校は灘五郷の菊正宗や白鶴ほかの酒造会社が子弟を教育するために設立されたものである。

日本社会は終戦後九年を経過して経済やインフラではかなりのスピードで復興していたが、国民の一般的な経済状況はそれほど豊かなものではなかった。中学卒業後に会社や工場や商店などへ就職する者も多くいた。

進学希望者でも全員が高校へ入学できるわけでもなく、志願者の二パーセントぐらいが不合格となっていた。そのために、高校入学希望者は三学期になると、ある程度の受験準備をしなければならなかった。担任教師がガリ版刷りで作成した予想入試問題を配布し、それに回答する、といった程度の受験勉強であった。

「いじめ」弱者のA君や権太のB君なども高校進学希望者であった。両君のいずれも入試の演習問題に対して満足な解答であり、担任教師より「本番の入試でも合格間違いなし」とのお言葉をもらっていた。

A君とB君のいじめの問題は小学校時代に比べて中学時代にはあまり話題となることもなかったので、私もほとんど忘れていた。A君は放課後の課外活動には参加していなかったが、B君はスポーツ好きで水泳部に入部して競泳に夢中になっていた。いずれも高校受験に向かって、それなりの準備をしていた。

しかしながら、A君は志望高校の受験に不合格となった。

それには担任教師をはじめとして同級生たち皆がびっくりした。A君は家庭内に閉じ籠り、一切外出しなくなってしまった。

それよりも困ったことに、二次志望校の申請をしていなかったために、高校進学を諦めなければならない事態になってしまった。担任教師をはじめ家族も二次受験の可能性を求めて奔走したが、やはり規則は曲げられず、普通高校への入学は不可能となってしまった。

結局、夜間高校への道しかなく、A君は夕刻になってから人目を避けるように夜間高校へと通学した。十四歳前後の若き中学生がこのような受験地獄に陥るとはどのような心情なのか、それのみならず、社会に対する考え方もいかなるものか、私には仲良く過ごしたA君を思いやる時に、どのように声を掛けてやればよいのか、途方に暮れるだけであった。

その後、A君は普通学校の欠員募集に応募して入学でき、無事、普通高校を卒業することができた。その間、引き籠りの生活であり、私とも会おうとすることはなかった。母親の話では、小学校でのいじめを発端として、中学校時代でも絶えず人を怖がるようになり、B君と会うことをできるだけ避けるように、用心深く行動していた、と言っていた。「いじめ」が高校受験に影響していたのであろうか。

私は公立C高校へ、権太のB君は公立D商業高校へ無事入学した。その後、B君は高校卒業後に運輸会社に就職し、運動神経の良さを発揮して特殊技術運転免許証の数種を取得し、高額の収入を得て生活していた。一方、A君は高校を卒業後に外語短期大学を経て某市役所に就職したが、独身を貫きしばしば深酒に溺れて肝臓を悪くしていた。

第6章　高校時代

1　歴史ある高等学校

私は義務教育を終えてA高校へ入学した。この地方では有名な公立高校で、文武両道を旨とする高等学校であった。終戦後に学制改革があり、小中学校は男女共学となっていたが、高校でも男女混合のクラスが多くなっていた。しかし、この高校では男子組と女子組に分けられていた。入学式の校長式辞で、本高校は伝統のある学校であり、自彊《じきょう》の精神で教育することをモットーとする、と強調していた。

自彊とは「自ら努め励むこと。ひたすら努力して倦《う》むことを知らず」という意味であり、初代校長からの校訓であった。

その校訓に続いて、本校は日本の硬式野球史において燦然《さんぜん》と歴史を刻んだ学校でもある、と説明された。昭和八年（一九三三年）第一九回全国中等学校優勝野球大会（現在は全国高等学校野球選手権大会）の準決勝において、愛知県代表・中京商業高校と対戦し延長二十五回の熱闘を繰り広げた。結果は一対〇で敗れたが、教官の間では、そのことが誇りでもあったのか、屈辱でもあったのか、複雑な感じとして受け取られていた。

熱闘試合の歴史を誇らしげに話す一方で、生徒に対する教育では、この熱闘試合の敗戦を説教の材料として用いられた。野球部のみならずバレーボール部など敗れた際には、やはり自彊の精神が足りないからだ、とかなり無理な理屈を言う教師もいた。

その教師は、戦争時に特攻隊に志願し、鹿児島の出撃基地に集結していたが、終戦を迎えてそのまま出撃せずに帰郷して高校教師となった熱血漢である。この教師は、熱闘野球の敗戦を負の遺産として利用した。掃除を疎かにした生徒に対して、

「このような精神で取り組むから、延長戦で負けたのだ。性根を入れ替えてやれ！」

と、ばかりに箒の筒先で生徒の殿部を叩いたりした。他の教師も何かにつけて、延長戦のことを教育に利用し、ほとんどが悪いことに使われた。延長二十五回の熱闘を生徒たちは栄光として捉えていたが、自校の教師たちによって真逆のように言われたことに驚いた。

しかし、卒業生も含めて、生徒たちは皆この歴史的な遺産を誇りに語り継いでいる。

選手の健康を考えて、現在は延長十五回で後日再試合と規定されており、二十五回戦の

熱闘の記録は永久に破られることはない。

2　大学受験に向けて

終戦後八年から九年となり、日本の社会は、戦後の廃墟から復興が進み経済界も上昇機運になっていた。特に建設業界や製造業が勢いを増していた。ベビーブームもこの頃で、いわゆる発展途上国の中でも優秀な国として海外にも注目され始めていた。

そのために、大学では、理系は工学部、文系は経済学部に多くの志望者が集まっていた。それだけに高校生も父兄や家族も受験に対する関心が高くなり、それにつれて、高校側でも受験勉強を考慮して、多くの有名な国立大学へ入学させたいと考えるようになった。公立高校では、ただ、希望者に放課後の補講をする程度であったが、私立高校では受験勉強に熱を入れるようになった。

受験予備校は散在していたが、私の高校では在学中に予備校を利用する生徒は一部を除き、あまり見られなかった。書店には受験勉強用の月刊誌や書籍が並ぶようになっていたが、専らＮＨＫや昭和二十六年（一九五一年）に始まったラジオ民間放送局による受験番組によって勉強する生徒が多かった。特にJ社はしっかりしたテキストを作成し、民間放送を通して受験資本に投資していた。しかし、私の住む長屋ではそれほど裕福な家庭は少なく、私の家にもラジオはあったものの、古くて故障しやすく、スピーカーの状態も悪くて、定期的にテキストを使って勉強することはできなかった。簡単にラジオを買えるような経済状態でもなく、むしろ学校の対策に準じて勉強をする以外になかった。

最終学年の三年生頃には、学校も本格的な受験対策を採るようになり、受験組や就職組に分かれ、さらに、受験組も理科系大学受験組や文科系大学受験組にクラス別を編成するようになった。補講や受験のための予備テストも多く実施されるようになり、業者による全国一斉テストも実施されるようになった。

医学部はどの大学も二年間の教養課程（予科）と四年間の専門課程（本科）の合計六年間の学業が必要であるうえに、二年間の教養課程を終了後に専門課程に入るために、再び入学試験を受けなければならなかった。それに卒業後には一年間の実地修練（インターンシップ）があり、順調に経過しても医師になるまで高校卒業後から合計七年間の勉強と修練が必要であった。

高校卒業後に大学入試を受けて医学部へ入学したとしても、二年後に専門課程のために再度入学試験を受けなければならない。そのために、二度の入試試験を嫌って、工学部や経済学部への志願者に比べて倍率はそれほど高くはなかった。

しかし、一九五五年（昭和三十年）より専門課程のための再入学試験制度がなくなり、六年制の一貫教育となったために医学部志願者が急増した。

3　スポーツと勉学

高校に入学した頃より喘息発作はほとんど少なくなっていたが、特に気温が急激に低下して空気も乾燥するような秋冷の日には調子が悪かった。九月の夜間帯は私にとっては鬼門であり、二、三日間の欠席はやむを得なかった。特に重要な行事がある時や、必須科目の授業を休むことはかなりのダメージであり、それを取り戻すには人知れず羞恥と苦労があった。医師を目指すにはこのままでは無理であり、医師として器量も体力も不十分と考えた。

私がサッカー部に入部したのは、スポーツで体力を強化しなければならないと考えたからであった。級友がサッカー部に属しており、部員が少なくて困っている、助けるつもりで入部してくれ、と言われたのがきっかけだった。当時のサッカーは日本では非常にマイナーなスポーツであり、特に私の高校では、野球部とハンドボール部以外は片隅に押しやられた部活であった。医学部への入学が厳しくなっており、サッカーなどに時間を費やす余裕もない、と思いつつも、体力強化との天秤をかけて、思い切って入部したのだ。

中学時代にはバレーボール部に属していたため、サッカーはまったく異なった種類のスポーツであるが、足で蹴るだけの単純なスポーツではないかと軽く思っていた。だが、硬くて重いボールを足先で蹴るのは容易ではない（トゥキック）。足先でボールを蹴るには重くて足先が折れ曲がるようになり、それほど飛ばない。足関節から直角に真っ直ぐ前方に伸びている足部が邪魔になり、棒のようにボールを芯に捉えて蹴るには技術が要る。逆に足部を外向きに捻じって足部の横で蹴ることは容易い（インサイドキック）。足部を真っ直ぐにしたままで蹴るには、足関節をやや足底に向けて、すくいあげるように、あるいは、強く振り切るように、足の甲で蹴るか、やや内側寄りに蹴る（インステップキック）。遠く蹴るか、強く蹴るにはこの蹴り方がよいが、訓練が必要である。特にインステップキックで遠く正確に蹴るにはかなりの努力が要ることが分かった。下手に力任せに蹴ると足関節捻挫を起こすので、注意しながら練習したことを覚えている。

サッカーで難しいのがトラップ技術である。トラップ（Trap）とは飛んできたボールを足や胴体で受け止めて、コントロールして次の動きをしやすい位置にボールを移動させることである。相手からの強いボールを受け止める時に脚に力をいれて止めると、ボールが弾むように自分の体から離れて、相手に奪われてしまう。やはり多くの訓練を要する。私は放課後の毎日の練習でやっとできるようになった。ヘッディングは初めからかなり上手にできていた。額と髪の境、生え際あたりでヘッディングするとかなり遠くへ目標の位置へ送ることができた。このような動作ができるようになると、次第にサッカーそのものが楽しくなり、放課後は勉強のことも忘れるようになった。

私の属するサッカー部はそれほど強くなく、高校の地区予選を突破することを目標という、かなりレベルの低いチームであったので、一、二回戦を勝ち抜くのが精一杯であった。サッカーの試合は雨天でも決行するが、芝生のグラウンドで行うことはなく、学校の運動場で試合するので、泥んことなる。しかし、試合中は走りにくいしボールを蹴っても目標まで届かないしイライラするが、試合終了後にシャワー室で全身を水洗いすると清々しい感じとなり、スポーツの醍醐味を感じる。そしてチームメイトとともにバスで帰宅する。

この頃の私は体調も良く体力に自信がついてきたので、部活動を継続した。ただ、大学医学部への進学希望者は次第に増加して入学も難しくなってきた。しかし、私は諦めることもなく、サッカー練習のない時には、学校の図書館を利用していた。

公立A高校には、初代校長Y先生を記念したY記念図書館と称し、その当時では他の高校にはない立派な堂々とした図書館があった。私は大学受験を一年後に控えて、放課後に図書館へ行くことにした。

私の自宅は下町の古い木造長屋で、しかも庶民生活のど真ん中に位置し、隣家の喧嘩や赤ん坊の泣き叫び、豆腐屋の売り声ラッパなど、周囲の騒音が大きく、到底勉強できる環境とは思われないからだ。

図書館へ行く時には、「さあ、受験準備でもするか」と、立派な図書館に入るのだが、入口に立って書架を眺めると、いつも立派な文学書に目を奪われる。当時の国語教師が大変ロマンチックな先生であり、一風変わった独特の風貌を持つ人物であった。

その文学に対する情熱は教室を圧する如きの講義をする、いわゆる、弁士のような先生であった。影響されやすい私は、すぐにこれまであまり文豪の小説を満足に読んだことがないのに、書架の「尾崎紅葉文学全集」に心が魅かれた。

この頃は映画全盛の時代であり、ちょうどお宮・寛一の『金色夜叉』の映画を見たところでもあった。青春真っ只中の私には、やはり恋愛物に心惹きつけられた。尾崎紅葉の文章を読むにつれ、そこから脳裏に描かれる場面は、映画の感じと少し異なり、私自身の理想の青春像を作り上げようとするかのような錯覚に陥った。

受験勉強はそっちのけで、分厚い全書を読み耽った。『長編・金色夜叉』は完結せず、尾崎紅葉が永久にその結末を読者に預けている。熱海海岸の浪漫的な一節に比べて、後編は一変して泥臭い社会の混乱模様を呈し、その落とし所が見えないままに、永久のお蔵入りになってしまったのである。その後の結末は読者の推量にお任せすることになったのであろう。文豪ならこそ許されることである。私は受験勉強を気にしながらも、その後も明治大正の文豪作品を読破していた。

サッカー練習、文学、受験と三方向の行動を取っていては、青春の大切な時期に中途半端な高校生活を過ごすこととなり、後悔を残すであろうと考えるようになった。幼少の頃より夢に見ていた「医師を目指す」ことに注視し、三年生の秋にサッカー部の退部を決断した。文学書ももちろん諦めて、受験用の参考書をはじめテキスト類や模擬試験などを夢中に実行して、なんとか無事にR大学医学部に入学することができた。

第７章　大学時代

1　姫路城とともに

医学部は教養課程二年と専門課程四年に分かれているが、六年制の一貫教育となっている。教養課程という名称は、予科とか医学進学過程と呼ばれていたが、R大学医学部では医学進学過程と呼ばれていた。私がR大学医学部の医学進学過程へ入学したのが昭和三十一年（一九五六年）である。医学進学過程は兵庫県の姫路と篠山に分かれており、私は姫路に属していた。

明石から姫路へ通学していたので、明石駅から姫路駅へ旧国鉄（現在ＪＲ）山陽本線の蒸気機関車（ＳＬ）で約一時間を要した。「白鷺《しらさぎ》の城」として名高い姫路城を眺めながら通学した。姫路城は白鷺が翼を拡げたように美しく羽ばたく姿に似て、その麗しい城の麓に抱かれた朽ち木校舎に学ぶのが誇りでもあった。五重六階の大天守と三つの小天守が渡櫓で繋がり、白波の如く重なる屋根、千鳥破風や唐破風が、白漆喰総塗籠造《しろしっくいそうぬりごめつくり》の外装と相まって、華やかな構成美を造っている。破風は「ハフ」と読み「gable」と英訳されるが、切妻に似て屋根の斜面を二辺とした三角形の外観をいい、古風な屋根や外壁に使われる。

姫路城の昭和大改修が始まり、すっぽりとカバーに覆われるので約八年間はまったく見られなくなる、という話を入学前に知った。私は家族とともにお城見物に出かけ、大勢の見物客の一人となって城内を見学した。

その時、大天守に東西二本の支柱があり、そのうちの東側の大黒柱が少し東南方向に傾いているのを見つけた。西の大黒柱は真っ直ぐに建っている。姫路城の不思議な逸話のひとつ「ななめばしら」と言われ、棟梁が柱の傾きをどうしても修正できず、完成時に責任を取ってノミを口に銜え天守から飛び降りた、と立看板に説明されていた。

しかし、一本の大黒柱が斜めのままで約四〇〇年もお城が傾くことなく耐えていたことに興味が尽きず、未だに私の心に鮮烈に残っている。

大学入学後には通学途中に、紺碧に映える美しい切妻模様を、ＳＬやバスの車窓からしばらく眺めることができた。そのうちに、覆い材が下から次々と階層のように積まれていき、板塀に隠されるように、優美なお城が大屋根にすっぽりと隠されてしまった。それとともに、姫路市街も静寂の中に沈み、人々の活気も失せ、本当の姫路の姿はなくなった。私も大学校舎から白鷺のないお城を眺める気持ちにはならなかった。姫路城は赤松貞範が小高い姫山に本格的な城を築いたのが一三四六年である。現在の白鷺城に近いお城に大改築したのは池田輝政で一六一〇年に完成した。それから約四〇〇年の歳月が流れ、昭和の大改修（昭和三十一年・一九五六年）が始まったのである。

２　医学進学過程

医師を目指す者は医学のみならず広く教養を積み、病に伏す人々の心情を汲み、身体的のみならず精神的あるいは社会的にも医療を通して貢献すべきである、との趣旨から医学進学過程が設けられたものである。そのために、生物学、生化学のほか、地学、物理学、統計学をはじめ哲学、倫理学など広い分野の講義や実習が組み込まれた。英語は必須科目であり、ドイツ語かフランス語を選択科目として義務付けられた。語学は別として、直接的には医学と関係ない講義科目が多いので、入学当初では授業を受ける学生も多くみられたが、次第に欠席する人が増えていった。

大学に慣れてくると、必須項目でない講義をスキップする学生が多くなった。これも一年前に教養課程と専門課程との間の入学試験が廃止され、ストレートで進学でき六年一貫教育制となったための弊害ともいえた。教育制度の落とし穴でもあった。私はどちらかというと、気の小さい青年であり、学年を落第することにびくびくしていたので、できるだけ多くの授業に出席していた。なかでも地学に興味を魅かれた。

地学の学問そのものに興味を持ったわけではなく、地学教授の言葉に感動を覚えた。地震や火山の爆発、それも規模の大きなもの、すなわち大地震や大噴火が地学研究者にとって研究の戦場でもあるというのである。普通の人々は最も恐ろしい現象であり、恐怖のあまり逃げ惑うのが当たり前である。しかし、地学者は絶好のチャンスと捉えて家庭を振り向くことなく、いち早く震源地や爆発の噴火口へ近づくという。

地震の時には、断層帯の研究のために地割れの道路や家屋の倒壊状況などを詳細に観察する。研究者にとって、余震などは恐怖の対象ではなく絶好の研究材料という。一般の交通機関は遮断されることが多いので、小型ジープを常に用意しているという。警察や消防団員が到着する前に震源地の現場へできるだけ早く急ぐ。まもなくすると、立入禁止の看板が立てられ、警察に必ず退去させられるので、その前に研究する。そのうえ、地震に対しては今まで予知がほとんどできず、文部科学省や経済界から地震に対して臨時に研究費を交付されることもあり、高額の研究機器も不意に取得できる時もあるという。なので大地震は研究のための絶好のチャンスらしい。

火山噴火も同じことで、できるだけ噴火口近くの場所へ乗り付け岩石を収集する。稀には高温の噴火流に脚を取られて火傷し、足を切断することもあるらしい。戦場カメラマンに似ている。

同じ大学で生物学研究室が地学研究室の隣に並んでいる。水槽が廊下一杯に置かれて、そこにオタマジャクシやカエルが飼われている。生体の発育過程を研究するためである。遺伝子の研究をやっているが、高度の電子顕微鏡が欲しいと、生物学教授が呟いていた。そのうえ、次のような教授の冗談が忘れられない。

「地学研究室は幸福だな。地震や噴火があるたびに潤沢な資金が入ってきて、高価な研究器械も購入できるし羨ましい。生物学の研究にはあまり公的機関から研究費は落ちないよな。地震学なんて、公的機関や私的な財源からあれほどに投資されているのに、何も研究の進歩はないよ。そうでしょ。未だに地震の予知もできないし、たとえその一端でも分かればよいのに、ゼロだよ。研究費の無駄だよね。君たちはそう思わないかね」

と言われた。

医学には直接的に関係ないが、研究とはこのように勉強のみならず財政的な難しい問題もあるのだな、と私は酷く考えさせられた。

このように研究室に出入りしながら、研究者の悲喜交交《こもごも》の一部を学び、教養課程を修了して専門課程へ進級した。

3　解剖学実習

医学部専門課程に進級した三年生の最初の日に、初めて医学生らしい勉学であり、なおかつ、医師となるための関門でもある死体解剖学実習がある。人間のすべての器官や臓器を実際に目で見て手で触って覚える。言い換えれば、視覚と触覚で人体を実感するのである。

戦前に建てられた古いビルの校舎の一角に解剖学実習室がある。天井がやや高く灰色気味に造られ、その天井の所々に薄暗い電灯が数か所あり、ぼんやりと解剖学実習室を照らしている。周りには六等分された窓枠がしっかりと巡らされ、それぞれに分厚い磨りガラスが填められて、外部からの視野を遮るとともに、心無い侵入者を防いでいる。厳かな雰囲気である。

前室の準備室で服装を整え、解剖用の白衣を被って、下駄ないし長靴に履き替えて、一礼して実習室に入る。アルコールとホルマリンの入り混じった臭いが鼻や眼を強烈に刺激する。一瞬、眼を瞑り、鼻を押さえるが、次第に慣れてくる。

部屋全体を眺めると、白布に覆われた死体が十三体ずらりと並べられ、それぞれ一体が鉄製の可動テーブルの台上に安置されている。

七十八名の医学生は緊張のあまり唾を飲み、誰一人として声を発しない。一体を六人で解剖の実習を行う。テーブルの両脇に三人ずつ立つ。

教師の声が響く、

「一同起立、黙祷」

緊張した瞬間が続く。

「直れ。白布を頭部から下方へ静かに取り除きなさい」

すると、死体の全容が現れる。死体には刺青のある頑丈な男性、痩せ衰えた老婦人、手術痕がはっきり見られる細見の青年など、様々なご遺体が実習台に静かに置かれている。

そのとき部屋の後方で騒めきが起こった。

「先生、一人の学生が座り込んで真っ青になっています」

いつも大人しく青白く痩せた男性医学生である。彼は休養室へ運ばれた。無理もない異様な空気である。

「毎年、一人か二人は気分の悪くなる学生が出る。しばらくしたら彼も合流してくるだろうから、解剖実習の説明を続ける」

と教師の声が凛として響く。

頭部と頚部を左右の学生二人が、上肢と胴体を左右の別の学生二人が、下肢も同じようにテキストの順序に従って実習していく。皮膚を走っている静脈をメスとハサミで脂肪を取り除きながら、一本ずつの静脈を露出して、解剖書に照らし合わせて、血管の名前を確認し走行を記憶していく。皮膚を切開し切除しながら深部に到達していく。同じように、血管、神経、筋肉などを露出していくが、脂肪のみならず、血管や神経や筋肉などをしっかりと固定している支持組織や結合組織（これらは筋肉がばらばらにならないように覆い包んでいる膜）などを切除していく。

胸部や腹部では肺、心臓、胃、肝臓、小腸、大腸など露出していく。約一年間をかけて解剖していくが、その間に、解剖の進行状況を教官から監視され、注意され、また、教えられる。実習の途中に関門が設けられ、解剖実習で得た知識を試験される。「大動脈はどれか、その枝の動脈を示して、血管の名前を言え」「胃を取り出せ、その細部の名称を答えよ」などなどである。

死体と向き合うのは、当初、誰でも尋常な気持ちではなく、容易に解剖できるものではない。そのうえ、病気やアルバイトなどで実習の進行が遅くなれば、放課後か夜中に解剖実習を一人でやらなければならない。静粛な解剖室で薄暗い電灯のもとに白布の並ぶ異様な雰囲気に身震いさえ覚える。

私は心霊や亡霊の話には幼き頃より非常に神経質になり怖がっていた。少年時代の夏の夜話や「肝試し」には弱虫であった。青年医学生となっても、夜中に一人で解剖実習をすることはさらさら無理な話であり、仲の良い同級生を無理矢理に誘って解剖していた。

しかし、試験を頻回に実施されることと、必須科目に落第点を許されないこと、などの理由で必死に解剖実習を終了しなければならないので、びくびくする時間もなく亡霊などの恐怖感は次第に薄れていく。

医学部学生には現役入学者が最も多いが、他の学部と異なり、浪人生活を多年経験した人や、他学部からの変更入学者、会社就職後に医学部を志した人など、多くの異色学生も交じっていた。結婚し子供も有している人も見られたが、彼らにとってはどうしてもアルバイトにより家計のために稼がなくてはならなかった。そのために規定の解剖実習時間が少なく、どうしても真夜中まで黙々と薄暗い解剖室で実習成果を上げなければならなかった。

私はその後、医学生最大のハイライトの履修科目である解剖学実習をなんとかクリアした。

4　講義と実習

医学部の学生には講義のみならず、実習が多く義務付けられている。基礎医学そして臨床医学へと学んでいく。基礎医学の最初が解剖学である。解剖学で人体の構造を臓器や骨格を通して学習する（マクロの人体）が、それに続いて、各臓器や骨格の微細構造を組織や細胞を通して習得していく（ミクロの人体）。これが組織学であり、講義に引き続き実習が加わる。組織学実習室で、人体の臓器の一部を採取し、それをホルマリンなどで固定した後に、プレパラート染色して顕微鏡で観察する。各臓器には組織学的ならびに細胞学的に特徴があり、それぞれの機能に適した形態と機能を表現している。たとえば、人体バラバラ切断事件では、死体の組織片を顕微鏡で観察して死因を追求する。これが法医学である。

これらの細胞や組織は年齢や病気によって変化するが、逆にその病的細胞から、病気の原因（病因）を見いだすことができる。これが病理学である。癌になれば、癌細胞によって正常の細胞や組織が破壊されるが、その様子を観察することにより、どのような癌であるか、を診断することができる。その他に、病気の診断不明な場合にも、患者の生体を一部採取して顕微鏡などで細胞や組織をミクロに検索することによって診断できる。これが病理診断であり、臨床的に利用しているのが、生体組織検査、バイオプシー、略して生検といわれる検査法である。

病気で死亡した患者の原因が分からない時に、解剖して細胞や組織を解明するのが、病理解剖である。法医学で行う司法解剖と比較されるものである。臨床にも直結することが多いので、かなりの時間をかけて講義と実習を学ぶ。

生体の活動や病態を化学的に習得するのが生化学、生理学、微生物学、薬理学や免疫学である。組織学や病理学などが客観的に観察できるような学問に対して、生化学は人体の血液や体液の変化を主にした学問である。身体の複雑な新陳代謝を捉えようとしている。いずれも病気の本質に関連しているので、病気を根本的に理解するには、ぜひとも学習しなければならない。しかし、学生にとってはやや難しい感じのする学問でもある。

基礎医学が修了する頃に、微生物学や公衆衛生学の講義と実習、それに学外実習が加わる。臨床医学との接点である。保健所のように世間の健康状態を学問的に学習するものである。伝染病の感染防止や病気の統計学的観察により地域的に健康を維持するものである。そのために保健所実習を行い、医師のみならず医療関係者のチームワークの重要性を学ぶ。

四年生からは臨床医学が始まる。内科学をはじめとして外科、その他の臨床科目の講義と実習を学ぶ。実習では階段教室で学生全員が集まり、五人の学生が患者を前にして実際に診察し教官の質問などに答えていく。同学年全員の前で実習するので、よく勉強していないと、恥をかくこともある。

六年生になると、ポリクリと称して、附属病院の各診療室に配属され、診察中の医師兼教官から実地教育を受ける。内科や外科などの大きな診療科は四週間、その他の診療科では二週間から一週間の実地教育を受け、すべての臨床科目を順次巡って診察技術や治療法を実際の患者に触れながら実習していく。

白衣を着て聴診器を首から掛けて、一端のドクター気取りである。聴診器で肺呼吸の状態を患者に、

「すみません。聴診器であなたの肺が正常か否か、ちょっと調べさせてください」

と言いながら緊張して診察する。ほとんどの患者さんは学生であることを知っているので、

「はい、どうぞ。しっかり診てくださいね、頑張ってね」

と親切である。しかし、気難しい患者さんに接すると、

「うるさいね。長い間、診察時間を待たされて、そのうえ医者の卵の実験台かよ、堪らんわ」

と苦情を呈してくる。それでも、

「すみません、これを済まさないと卒業できないので、よろしくお願いします」

とペコペコしながら教官が来室するまでに診察を終える。教官に診察状況を報告するが、だいたい間違っている。

「教科書通りにはなかなか分かりにくいだろう。これが臨床の難しいところだよ。これか

らもしっかりと多くの患者さんを診察して自分で経験しなければならないのだ。いいお医者さんになるには君の努力次第だ、いいなぁ」

と叱咤される。廊下で、

「頑張ってくださいね」

と患者に言われて、私は「はあ」と頭を下げる。この繰り返しである。

ポリクリの語源は、ドイツ語で総合病院を意味するPoliklinikから来ていると言われる。それから転じて、医学生がすべての診療科で臨床教育を受けることに使われている。医師としての基礎的な修練でもあり、病欠を除いて欠席は許されない。

5　医科学生体育大会

医学部学生は他学部の学生と比較して講義や実習時間が多く、ほとんど毎日時間の余裕がない。なので若者にとって体力強化に重要なスポーツ活動が少なくなってしまう。大学全体、いわゆる全学の体育部に入部することは不可能である。そこで体力強化の一環として、医学部学生だけでサッカー部や野球部などの体育会を作り、医学部学生同士の対外試合などが企画された。一年に一回の全国大会を催すのが医科学生体育大会である。全国医学部学生が一堂に会してスポーツ大会を開催するのは時間的にも地域的にも余裕がないので、東日本と西日本に分かれて行われていた。

それぞれ東日本医科学生総合体育大会と西日本医科学生総合体育大会に組織されている。全体の大学生（全学という）からみれば同好会的な評価かもしれない。だが医学生にとっては、大げさかもしれないが、高校球児が甲子園大会を目指すのと同様に、医学部学生が医科学生総合体育大会に優勝することが究極の目的である。そのために多くの講義や実習時間を終わらせた後に、各学年の部員が集まり練習を行う。しかし、全学のグラウンドを使用することはできず、私設の貸グラウンドで練習しなければならない。時間の制約や予算の都合もあり、全学のスポーツ部と比較して、それほどスポーツに多くの時間を費やすことはできない。夏季休暇中には夏季合宿などで鍛えるしかない。

私は高校時代に引き続きサッカー部に入部し、講義や実習時間の終了後に練習に参加し西日本医科学生総合体育大会（略して西医体）の優勝を目指して部員とともに鍛錬した。入部三年目から準々決勝に進出できるようになり、四年目には準決勝戦で敗れたが、五年目に決勝戦まで進み、西医体の強豪大学と言われるまでになった。その決勝戦では私がゴール前で痛恨のハンドによるファールを犯し一対〇で敗れ西医体二位となった。一学年上級の先輩部員（キャプテン）が落涙し、ユニフォームの袖でそっと拭う動作を垣間見て、自分の疎かな行為が大きな汚点を残したことを悔やんだ。

私のポジションは旧守備体制では中衛センター、現体制ではボランチに位置し攻撃と守備の要であった。むしろ守備的要員に位置していたので、相手の中央からの攻撃を防いでいた。決勝戦では敵チームに逆襲され中央突破でゴール前に相手が迫ってきたので、スライディングで防ぐことはできた。だが、私の腕にボールが接触したので、「ペナルティ」のホイッスルが鳴らされた。ゴールが成功し残り時間もわずかとなって万事休すとなった。

終了ホイッスルとともに優勝を逃した無念さが万感を過ぎり、同時に責任感に打ちひしがれて、逃れようのない自分の立場を感じてしまった。たかだか医学生のお粗末サッカーとはいえ、やはりそのショックは他人に理解してもらえないほどの感傷であり、後々医師となっても、院長やその他の管理職となっても、そのことはトラウマとして心に残っている。夏の甲子園の高校野球中継をテレビで見るたびに、エラーが原因で敗退した選手の気持ちに同情するとともに、否応なしに、この時代のエラーがトラウマとなって脳裡に浮かび出る。

それから最終学年の六年目となり、優勝を十分に狙えるチームとなってきただけに、部員の練習にも熱が入り、夜間照明の可能な貸グラウンドを借用して夜間練習もした。ポリクリ授業となり、内科や外科その他の診療科目の臨床必修実習を修練しなければならないことで、スポーツによる肉体的疲労と臨床実習による精神的な疲労とが重複し、知らず知らずのうちに体力の限界を感じる日々も多くなってきた。夏の合宿を無事に終えて、秋十月の西医体が大阪市で始まった。

私たちは順調に勝ち上がり決勝戦へ進んだ。しかし、その前夜しかも真夜中にチームが宿舎している旅館で私は喘息発作を起こした。連日の熱戦の疲れから徐々に体力が減退していたのであろう。そのうえ、秋の澄み切った空気は真夜中を境に温度が急激に低下する、いわゆる秋冷の季節であり、喘息発作を生じさせやすい環境となったからである。

単なる咳や喘ぎどころではなく、起坐呼吸を取ったり、転げ回ったりするような苦しみである。他の部員も同じ大部屋で就寝していたが、疲労のために熟睡していたのか、喘息に対して声を掛けてくれる部員はいなかった。しかし、隣に寝ていた部員がさすがに覚醒し、

「おい、大丈夫か。死にそうや」

と、心配して声を掛けてくれた。ところが返事もできないし、苦しさのあまり声も出ない。そこで、見兼ねた同級生のマネジャー部員が真夜中にもかかわらず知り合いの医師に頼み込んで、旅館へ往診してくれることになった。そして静脈注射を受けて喘息発作は沈静化し、まもなく眠りに就いた。

翌朝に全員が決勝戦を前に準備し、トレーニングを開始した。私もすっきりした感じでトレーニングに参加し決戦に臨んでいた。特に問題なく寝不足感を少し感じる程度で走ることもできた。午後一時にキックオフとなった。いつものように中衛センターにポジションを取り、攻撃してくる相手の選手をマークしながら並走しアタックもしていた。しかし、次第に呼吸が荒くなり走り負けするようになってきた。呼吸困難を感じるようになり、走った後はしゃがみ込む動作が増えてきたが、兎も角、失点なく三十分間の前半戦を無事終わることができた。

私のプレー振りを観ていた監督が、これ以上の出場は無理と考えて後輩と交替することを指示した。医学部学生の最後の試合であり、しかも決勝戦であり、出場したかったが、私自身もこれ以上は無理と考えた。幸い、後半戦にゴールを奪い一対〇で勝利し優勝することができた。これまで優勝を逃してきただけに、部員全員で感激して肩を叩き合った。

しかし、私自身は何か優勝を心酔することはできなかった。大切な試合の前日に、しかも真夜中に発作を起こし、部員に迷惑をかけたこと、マネジャーに夜中の往診を負担させたこと、彼も選手として出場するにもかかわらず睡眠時間を短縮させたこと、途中退場でチームの部員に不安感を抱かせたこと、などが脳裡を翳めていった。

高校生となって以来、ほとんど喘息発作は起こさず、すでに小児喘息の終焉として安心しきっていた。医師として活動できるものと自信を持っていた。しかし、このような結末で喘息発作が再燃したことに大いに憂いを持つようになった。

6　インターンシップと医師の研修

このようにして臨床医学の全単位を終了すると医学部を卒業する。他学部の大学生と異なり就職活動はない。私の時代では、全員がインターンシップと称して医師実地修練のために病院で研修する。そして、ポリクリのように各診療科で先輩医師の指導の下に実際的な訓練を受けなければならない。指導医の監督の下に医師として注射や手術助手など実際に診療をしなければならない。しかし、医師免許証を取得する前の診療であるので法的な制約が多い。大部分の医学生は医学部卒業後も自身の大学附属病院に留まり医師実地修練を受けていたが、一部の学生は故郷の大学附属病院か研修指定病院で修練した。

私は自身の卒業大学であるR大学附属病院にて一年間研修した。無給のために土日の休日には診療助手か家庭教師などのアルバイトでわずかの収入を得るが、家族に経済的なサポートをお願いしなければならなかった。私は将来どの専門科目を選択するにしても、全診療科を研修することは医師としての幅広い経験を得られ、有益な毎日であると信じて大学附属病院で研修した。そして、次第にその意義を実感していった。特に夜間勤務の救急外来では救急医療の大変な業務であること、産科婦人科での出産見学や手伝いでは、生まれつつある赤子に汗びっしょりで真剣そのものの妊婦、ならびに、それに立ち向かう医師や助産師の格闘に近い出産場面を見るだけでも緊張の連続であり、それに続く新しい生命の誕生に深い感動を覚えた。

インターン制度とは、終戦後の一九四六年から一九六八年まで、医学部卒業生に課せられたものであり、連合国軍最高司令官総司令部（GHQ）の占領下に定められた。米国のインターンシップを模したものであったが、日本の経済的な困難さもあり、インターンにはほとんどの病院で無給であった。医学部を卒業し医学士の資格を得られたが、インターンシップの修了後に医師国家試験の資格が得られ、その合格後に医師免許証を交付される制度であった。そのために、インターンは医師としての診察や治療は許されず、指導医師の管理下に実技を習得しなければならなかった。六年間の医学生を卒業すると、すでに二十四歳となり、無給のうえに医師でもなく学生でもなく、非常に宙に浮いた存在であり、患者からも信頼を得られず、医師法違反行為で叱責される場面も多くみられた。

これらの制度に対するインターンや医学生の不満が蓄積され、一九六九年一月十八日医学部学生によるインターン闘争が始まった。これを発端として、暴徒による東京大学安田講堂の占拠から反政府運動が全国に広がった。日米安保条約やベトナム戦争に対する反対運動に波及し暴動化する事態となった。

一九七〇年にインターンシップが廃止され、医学部卒業後に医師国家試験を得て医師免許証を得る制度に変更された。医師臨床実地修練は二年間の初期研修制度となり、多くの診療科を修練することを義務付けられることに変わりないが、医師の資格を持ち給料も支給されるので、私の時代とは医師研修制度が大きく変革された。

二年間の初期研修を終了後は専門科目を重視した後期研修制度に沿って、医師として深い知識と技術を習得する。その後は、選んだ診療科目を広範囲の知識と技術を研鑽して総合的な医師として進むか、それとも、もっと狭い範囲に絞って超専門家といえるような技術を目指すか、医師自身で選ぶようになった。例えば、「胃癌手術の専門医で右に出る者はいない」、「心臓病の大動脈瘤手術の名人だ」、あるいは、「リウマチを薬物療法で治してみせる」などの話をよく聞かれるが、そうなるまでには、多くの経験と努力が必要なのは言うまでもない。

新しい医師研修制度が一定の効果を得られ、義務化されて定着されるようになると、学生は医学部を卒業すると同時に医師研修を修了することだけに熱中せざるを得なくなった。二年間の初期研修を修了しなければ、開業もできなくなると明記されたからである。まず研修を終わらせようとするのは当然である。そのために医学研究に対する学生や卒業生の基礎医学研究に対する意欲が少なくなってきた。

このような制度がなかった頃には、数人の医学生が病理学や生化学研究室に顔を出して、研究者の癌研究に関する実験などをサポートしていた。そのうちに基礎研究に興味を持ち、そのまま大学院生として、また、研究職員として研究を続ける人々もいた。

ノーベル賞を授与された日本の有名な医学者の中には、このような経歴を持っておられる方がいる。そして、その方々が若者の研究への意欲や政府の基礎研究費への支援を強く訴え、日本の基礎研究について警鐘を鳴らされている。

第8章　医師となって

1　医師国家試験

インターンシップを修了し医師実地修練修了証を取得して、初めて医師国家試験を受験することができる。三月末に医師実地修練修了証書を取得して、四月末に国家試験を受ける。筆記試験の後に口頭試問が行われる。一九六三年当時、新設医大が設立されている頃でもなく、すでに歴史のある医学部ばかりで九十五パーセント以上の合格率といわれていた。不合格となると恥ずかしい、と受験者は皆感じていたので、それだけに緊張していた。

しかし、問題集が発行されている時代ではないので、先輩からどのような出題傾向であるかを聞き出すのが精いっぱいであった。筆記試験は普通に医学部の授業を真面目に学んでいれば回答できる問題ばかりであった。

簡単でないのが口頭試問である。医師には勉強による知識ばかりでなく、患者に対する対応や行動が大切である、との考え方から、口頭試問を重要視するらしい。しかし、試験官の専門分野、外科系の教授か、内科系か、それとも特殊な専門領域の教官か、によってその試問の仕方が違ってくるので勉強の仕様もない。

百人以上の受験者が国立病院の看護学校の講義室に閉じ込められて一切雑談は禁止され、受験番号順に個室に呼び出されて口頭試問を受ける。すでに試問を終えた受験者が受験場から離れて帰っていく姿が窓越しに見える。どのような質問がなされたか、聞きたくなるのが人間の心理だが当然無理である。静寂な教室で緊張も頂点に達している雰囲気の中で、呼び出しを待つ心理状態は大げさとも言えるが忍耐の限界である。

試問の順番が巡って私は事務官の誘導に従って試問室へ入った。通常は病院の面談室に使われている部屋なのであろうと思われる静かな個室に、明るい窓を背に二人の試験官が座っていた。恐らく偉い教授か院長か部長クラスの先生なのであろう。事務官が静かに扉を閉める音を後ろに感じ、幅の広い大きな机の前に不動の姿勢で起立したままであった。受験者の緊張を和らげるように笑みを浮かべて、

「どうぞ、お座りください」

と声を掛けられた。そして、次のような事項を試問され、

「熱を出している患者が病院へ受診された。どのようにするか、診察順序を述べなさい」

これは予想問題と合っていたので、難なく回答できた。次に、

「ここにレントゲン写真がありますが、どのように読影しますか」

との質問である。よく目にする胸のレントゲン写真である。定番通りに、どこが正常でどこが異常であるかを順次答えていった。やれやれこれで終わりそうだと思ったが、

「それでは、このレントゲン写真から診断名を言ってください」

と問われた。

「肺炎です」

「そうかな」

「気管支炎です」

「そうかな」

「肺癌の初期です」

「そうかな」

の連続で一向に「正解です」とは言われない。焦ってきた。だんだんと手に汗握る動作が目立ってきた。これで落第したらどうしよう、という不安感が脳裡を埋め尽くし、足が

小さく震え出した。やがて頭を垂れて声も出なくなった。

「これは粟粒《ぞくりゅう》結核のレントゲン写真ですよ。これで試問は終わります。退席してください」

私は不安を胸に自宅へ帰宅した。試験場を後にしてから、正解できなかったことが頭にこびりついて、大阪環状線から東海道本線、そして山陽本線の電車の中でもそのことが一刻も頭から離れることはなかった。

第二次世界大戦の敗戦後から十八年を経過し、日本は発展途上にあった。好調な経済とともに社会情勢も衛生状態も良好であった。戦前に見られた結核はすでに無くなり、ポリクリでもインターンシップの際にも結核の患者を見かけたことはなかった。しかし、あのレントゲン写真の問題は医師として他の疾患と鑑別するためにも、必ず知っておかなければならない大切な点であった、と反省しきりであった。その後、このような憂いをトラウマのような形で持ちながら、医師国家試験の合否を不安のままで毎日を待たなければならなかった。

「不合格になったらどうしよう。家庭の経済からみて二十五歳にもなった男が無収入で親のすねかじりもできない。どうしよう。親の家計もギリギリだし、もし不合格なら職業安定所にお願いし、日雇いバイトに行かなければならない」など、いろんな考えが走馬灯のように脳裡を巡っていった。

　五月中旬になり厚生労働省（当時は厚生省）より医師国家試験の合否通知書が自宅に届いた。結果は合格だった。医師免許証は後日兵庫県庁へ届くので、その指示に従うことと記載されていた。医籍登録を行って医師免許証が交付され、無事医師として活動することができるようになった。これまでの苦労や憂いが吹っ飛ぶような感じがして、心の中で思わず万歳を叫んだ。

　しかし医学部を卒業し、インターンシップを終了して、医師国家試験に合格した後に医師免許証を交付できただけでは、とても一人前の医師として社会で医療活動ができるものではない。大学医学部附属病院、一般総合病院などで指導者による臨床診断や治療技術を磨いていかなければならない。内科か外科か、他の科かいずれかの診療科を選択しなければならない。どの診療になるかは自分の選択によるが、途中で診療科を変更することは非常に難しい。若い頃に大学附属病院や総合病院で厳しい指導を受けた人ほど立派な医師となり、患者を安全に治癒させることができると信じられている。

２　医局とは

当時では、医師の卵、新米医師は医師免許証を取得の後に、直ちに大学医学部に入局し、医師としての教育、医療や研究を受けるのが通例であった。入局とは一般社会において会社や役所に就職する、あるいは入職することに相当する。病院の医師集団を医局と呼ぶが、これは法的に正式に定義されたものではない。しかし、国語辞典にも「医局」と掲載され解説されているので、一般の人々にも理解されている。

詳細に説明すると、大学医学部附属病院では、内科や外科やその他の診療科毎に医局があり、大学医局とも呼ばれている。例えば、「大学医学部内科医局」などという。医局は教授、准教授（旧助教授）、講師、助教（旧助手）、医員、大学院生、研修医などで構成されており、総称して医局員と呼ばれ、医局長が統制している。医局長は医局員の選挙あるいは推薦で決められている。一般病院では診療科毎の医局はなく、病院全体で一つの医局を構成している。

法的には医学部や医大の構成は、大学医学部教授、同准教授（旧助教授）、同講師、同助教（旧助手）、研修医で構成されている。ただし、研究や教育も行っているので、研究や教育の際には大学医学部内科学教室のように教室と呼称される。教授以下の名称は前述と変わりない。研究や教育と区別するために、診療の際には、教授は内科部長とも診療科長とも呼称される。正式に規定されているが、理解しにくいので、一般には、医療も教育も研究も一括して、内科教授、内科准教授（旧助教授）のように診療科に続けて教授などの役職を呼称するのが一般的で分かりやすい。

医療においては完全なピラミッド型体制であり、頂点にはもちろん教授が君臨し、上述のように准教授（旧助教授）、講師、助教（助手）の地位にあり、発言や行動も上下の地位が大いに影響している。医局長には講師の人か助教（助手）の方々が人選されることが多い。医療の現場で実際に活動しているのは、講師以下助教（助手）、大学院生、無給医師たちであり、医局長の命令の下に統制されている。病院内でのポジションや役割などはすべて医局長が指示しており、大きな権限を有している。

中でも無給医師は大学附属病院と関連病院を交互に勤務するが、その関連病院の行き先を決定するのが医局長である。医局長に嫌われると、偏狭な地域への勤務を命じられ、六カ月間とはいえず、一年も二年間も勤務を続けなければならない。新研修制度以前では、このことを「出張命令」と若年医師は恐れていた。だが、このことが過疎地の医療に貢献したのかもしれない。しかし、医療や医学を先輩から伝授してもらうことが若年医師の希望でもあり、「早く大学附属病院へ帰りたい、そして、厳しいながらも指導を受けたい」と念じて、医局長の大学帰還命令を首を長くして待ち望んでいた。

会社や役所では、いかに新入社員や新人役人であっても入社当初より給与が支払われる。しかし、新制度以前では、大学医学部の場合は入局しても無給であった。その理由は医療に従事しても患者を十分に診察し治療できるだけの能力もなく、診療科で医療の教育を受けているに過ぎない、との観点から研修医には給料が支払われなかった。

そのために、生活費を得るためには、医師免許証を持っているので、医療行為をすることに法的に違法ではないため、私立病院や個人病院などで勤務医の助手として、あるいは、当直業務をして、臨時収入を得ていた。もちろん医学部附属病院での勤務が終了してからであり、夕方か夜間か休祝日に働くことになる。これも医局長が世話することが多い。なぜならば、若い医師の能力を知っているので、その範囲内で、それに相当する病院やクリニックを斡旋していた。無理なことをさせて、病院やクリニック、それに患者に不利な結果を与えてはならないからである。

無給医師の不満が誘因となって、前述のごとく、後々に学生運動や全国的な暴動を引き起こすこととなった。医学部や医師養成体制のみならず、会社の賃金闘争や反政府運動にも発展した。それにともない、無給医師体制やインターンシップの廃止やその改善が行われた。

3　無給医師

私は大学卒業後一年間のインターンシップを修了して、どの診療科を選択するのか迷っていた。たとえば、内科を選択すれば、その後も生涯を通して内科医師であり、永久に手術から離れることになる。そこで内科と外科の中間的な診療科として整形外科がよいのではないかと考え、R大学医学部整形外科に入局した。一九六三年のことである。その一年後は東京オリンピック・イヤーにあたり、東海道新幹線が一九六四年十月一日に開通し、日本の経済もかなりのスピードで発展していた。社会全体が生き生きとしていた。

日本の医療も経済の発展にともない、医薬品開発の促進、医療器械の進歩により、新しい知識や技術も大いに導入され変革していった。そのために専門的な領域が広がり、既定の診療科だけでは不十分となり、専門的な診療科が設立されるようになった。整形外科のほか内臓外科も心臓外科も脳外科も総括して外科の範疇に入り、外科医が担当していた。しかし、あまりにも外科医の負担が大きいことと、専門的な知識と技術には能力的な限界がある、と問題視され始めた。専門化医療の重要性も指摘されるようになり、一九五五年頃から、皮膚科、泌尿器科、脳神経外科や整形外科などが独立した診療科として定義され運用されるようになった。

Ｒ大学医学部整形外科教室は一九五四年に独立した診療科として開設された。初代教授はＤＫ先生であった。活動的で教育熱心なうえに人格的にも大いに尊敬を集めた先生であった。私が入局した頃には教室開設九年目に入り、活発な雰囲気が漂っていた。

同大学卒業の同級生七人が新しく入局したが、その役職は無給副手という名称で無給医師であった。七人の新入局者は、その時代の平均身長よりも高い人ばかりで、寡黙とは正反対の、喋りたがりで、目立ち好きの若者であった。新入局員でありながら、自ら勝手に、「風紀と規律を守る七人の侍」と名付けて、医局で大きな顔をして振る舞っていた。だが、医局長や先輩の先生から目をつけられ、「診察や治療の仕方も知らないのに、生意気な奴や」と、患者の前で恥をかかされたり、罵声を浴びせられた。

初代ＤＫ教授は「優れた整形外科医を育てる」と、常に言われ、まずは「厳しい躾と正しい身なりから」と、絶えず服装と言動を注意されてきた。また、整形外科の臨床と研究をさらに細分類して、整形外科の中の専門医を育てることに熱心に取り組まれた。骨折や火傷などの外傷グループ、赤ん坊の股関節脱臼を診る先天性グループ、リウマチや関節炎などの関節グループ、その他の疾患を総括的に治療する一般グループ、その後に脊椎グループなどに分けられ、それぞれのグループ間で治療成績や研究発表の成果を競わせる方式を作った。

それぞれのグループには責任者すなわちボスの性格や、あるいはその時代における疾患数、または脚光を浴びる治療法などにより、華やかなグループと影の薄いグループに差がついていた。私は先天性グループに属し、どちらかというと、影の薄いグループに属した。今では少なくなったが、先天性股関節脱臼の治療とその研究を行うグループである。しかし、私の属したボスは教授にも増して厳しい指導者であり、レントゲン検査で股関節の異常か否かを観察しながら、若い医局員を教育していた。レントゲン写真を見ながら、「分かりましたか」と問われ、私が「はい」と返事をしたのがいけなかった。「医師になったばかりのノイヘレン（新米医師）に分かるはずがない。いい加減なことで済ませると、患者さんに一生の障害を与え、辛い目に遭わせることになる。しっかり学べよ」

と一喝され震え上がった。新米医師のことをノイヘレンと言うが、その後の医師人生において、その大声が胸に残り、その後の教訓として生かしている。その当時には瞬間に、「そんなに怒ることはないだろう」と腹が立っていたが、その後は厳しい注意に対して感謝するようになった。

４　新米医師の病院勤務

医師になって大学医学部整形外科に入局してから一年目の後半になると、診療方法も何とか理解できるようになり、市中の一般病院へ派遣され、部長や医長の指導下に診療に携わる。約六カ月から十二カ月の期間で一般病院に勤めて臨床治療の研修を積み、また、大学附属病院に戻って無給医師として一年間勤務する。大学と一般病院を交互で勤務するが、このような一般病院のことをR大学医学部の関連病院と称されている。このように六年間にわたり大学附属病院と一般病院を交互に勤務して一人前の医師に近づくように研修していくのである。

①結核病棟

私が最初の関連病院として勤務したのは、兵庫県立KW病院であった。元々は「結核療養所・KW荘」と言われていたので、一般病院であるとともに結核病棟を有しており、多数の結核患者が療養していた。田園と山々に囲まれた静かな木造の病院である。整形外科の診療に対しては先輩の整形外科部長とともに行動することが多いので、分からない時には先輩が指導してくれる。しかし、夜勤や宿直の時が最も緊張する。病院内の医師が毎日交替で宿直するが、もちろん一人勤務である。

しかも整形外科の入院患者だけでなく、内科や外科、その他の診療科の患者も世話しなければならない。専門外の治療が必要な時には、当該診療科の医師を呼び出すことになっており、患者の不利にならないような体制になっている。

ある時、真夜中に結核病棟より呼び出しのベルが鳴った。新米医師とはいえ、整形外科の患者なら何とか緊急対応はできるであろうと思った。しかし、内科疾患のうえに結核病棟であるので、知識と経験が少ない。

　私は恐る恐る宿直室を出て暗い渡り廊下を木の軋む音を聞きながら足早に病室へ出向いた。結核病棟は通常の一般病室とは隔離されているので、空気の澄んだ静かな場所に造られている。小高い山の麓に生い茂る木々の中に抱かれるようにひっそりと位置しており、療養に好適な場所である。懐中電灯を頼りに、靴音のみの暗い廊下を急いで行くと、ふと目先には黒い影を覆ったような木々が悪魔の誘いのように迫ってくる。思わず錯覚に襲われてドキッとし、手に冷汗を感じてしまう。肝っ玉の小さい自分に情けなくなる。ずいぶん長い廊下のように感じたが、とにかく結核病棟の看護ステーションに辿り着いた。

　しかし、当直看護師が見当たらない。あるのは中央に燃え盛るストーブだけである。まもなく宿直医師の気配を感じたのか、病室側から看護師の声が聞こえた。

「こちらの部屋へお願いします！」

　という呼び声の方角を確かめながら橙色の白熱電灯がぶら下がっている病室へ入った。他の病室は消灯され、小さな安全灯のほかは真っ暗でほとんどの患者は就寝している。

　病室の扉を開けた途端に異様な空気に息をのんだ。七十歳ぐらいの痩せた男の人で、ベッドから床に敷かれた毛布に移り、看護師に抱えられるように座っている。頬は痩せ細って目も窪み、頬骨が突出して眼光だけが鋭く、不安感に怯えている。入室した医師に助けを求めているような顔貌である。

看護服に身を包んだ看護師の白いエプロンが半分ほどの広さに真っ赤になっていた。床のところどころにも紅い斑点が散らばっている。激しい喀血《かっけつ》である。口から吐き気とともに多量に出血している。患者自身もその死に慄き、不安と恐怖感の漂う異様な光景であった。

ただ立ち尽くす新米医師を横目に、熟練看護師が不安に慄く患者をしっかりと抱きかかえ、不安感を失くすように諭しながら、苦し気に口から吐き出す血の塊によって窒息しないように、男性の顔を横に向けさせて気道を確保している。看護師が己の手を真っ赤にしながら、タオルで患者の顔を優しく包むようにして、鮮血と赤黒い血の塊の混じった喀血を口から取り除いている。

酸素吸入を続けてしばらくすると、ぐったりとしていた男性の顔貌に次第に血色が戻ってきた。患者のみならず熟練看護師や新米医師にも安堵感が漂い、知らず知らずのうちに、三人とも微笑みが浮かんできた。これまで暗く緊張の連続であった病室の雰囲気が緩みはじめるのを感じた。

そのような緊張の間、新米医師の私はベテラン看護師の看護動作を邪魔しないように、聴診器を胸に当て患者の不安感を少しでも取り除くように精神的に励ますだけの行為と酸素吸入を施したに過ぎなかった。それでも看護師は私に対して軽蔑の眼差しを向けることなく、患者が落ち着くと同時に、

「ありがとうございました。大変助かりました」

とお世辞で答えてくれた。

テレビドラマでよく映し出される、新選組沖田総司の喀血で倒れる悲壮なシーンが脳裡に浮かんだ。重症結核患者の刹那に対処する術《すべ》を老練看護師から大いに学んだ。医師によらず、何も知らない新米には、初めの教育と経験がこれほどまでに一生にわたり影響を与えることの重要性と恐ろしさを感じた。

②大学附属病院救急外来

ＫＷ病院の約半年間の勤務を終えて、私はＲ大学附属病院の医局へ帰り、整形外科の臨床研修と研究を続けた。やはり無給医師の扱いであり、生活費は大学附属病院での勤務を終了してから夕刻から夜間にかけて、私立病院やクリニックで診療助手や夜間宿直医師としてアルバイト勤務をして稼いだ。夜間の時間外患者が多い時には睡眠時間が不足するが、

大学附属病院には朝八時から勤務しなければならないので、時には朝食抜きで寝不足の顔で大学附属病院へ戻り勤務した。大学附属病院でも日常の診療業務のみならず、各診療科の宿直勤務があり、そのうえに大学附属病院全体の夜間宿直が義務付けられていた。内科系診療科と外科系診療科の双方から一人ずつ夜間勤務して救急医療に対処していた。

大学附属病院でもようやく救急外来が開設され始めた時代であった。外来棟の前に、掘っ建て小屋のような木造の建物が造られ、そこに、四、五人の救急患者を収容できる簡易ベッドを設置していた。あまり十分な設備ではなかった。その理由は、大学附属病院では教育、研究、高度医療が主な役割と考えられていたので、救急医療体制の整備には積極的ではなかったからだ。

しかし、交通事故件数の増加に伴い救急医療の重要性が指摘されるようになるとともに、研修医や若手医師に対する教育の必要性から救急外来を見直し始めたのである。そのために、大学附属病院へ行けば医師が絶えず待機しているので断られずに治療してくれると評判になり、一次、二次救急の区別なく、多数の患者が来院するようになった。

救急医療は若年医師の役割であるとされた。怪我《けが》などの単純な創傷ならば若手医師で治療できるが、複雑なものでは上級医師による指導の下に行う。しかし、余程のことでない限り、自宅待機で就寝している上級医師を呼び出すことはない。それだけに必死で能力の限り治療にあたる。

　私が宿直した日は土曜日でもあったからか、なぜか新鮮な外傷や折れた骨片を元に戻すのが難しい骨折もあり、悪戦苦闘の夜であった。救急患者のうちの一人は自分で小指を詰めて切断し、その切断された小指をハンカチで包んで大事に持ち、痛い痛いと指から流れている血を見ながら、

「早く指を縫ってくれ」

　と言う。

「縫い合わそうか」

　と尋ねると、

「いやいや、これは大事な証拠やから縫わんでもよい、縫ったらいかん」

　と一生懸命に叫ぶ。数人の黒服を着た男性が診察室を占拠し、診察の順番を待っている他の患者や家族に嫌な雰囲気を与えている。そこへ遅れて「姐さん」と呼ばれる六十歳ぐらいの茶髪の女性が診察室へ割り込んできて、

「先生や皆さんに迷惑をかけたらアカン、病院の外へ出て待っとれ」

と一喝すると、黒服集団はぞろぞろと退室し、病院玄関から離れた空き地に座り込んで、大人しく仲間の指の治療を待っている。指の切断部分の皮膚を何とか治療して、

「離れた小指は人間の肉体の一部だから、病院で始末しなければならない。これは法律で決まっているので、残った小指は保管し正式に焼却処分する」

と話すと、姐さんが、

「ちょっと待ってください、先生。これはこの子の大事な宝物です、本人にぜひ渡してやってください」

と睨みの利いた顔を突き付けて懇願する。

「いやいや、法律やからだめですよ」

と言っているうちに、サッと手拭の上の切断指を鷲掴みにして、病院外に待機していた黒服集団の一人に渡して持って行った。治療代は姐さんが払ったようだ。異様な雰囲気に緊張した。

その後も途切れることなく救急患者が来院し、やっと終わって時計を見ると、午前一時過ぎであった。翌日も朝から通常勤務なので、救急宿直室へ入り寝ようとしてもなかなか眠れない。やっと眠っても夢うつつに救急車のサイレンが頭の中に響き渡るような感じが

して、はっと布団を捲りあげたが、救急室からは何も聞こえてこない。どのような難しい外傷や疾患が救急外来へ来るのか、新米医師にとってやはり恐怖を感じながら、眠ろうとしているので、熟睡できずに絶えず不安感のなかで眠っていたようである。鳴ってもいないのに、サイレンに慄く幻想である。「もっと研修して、どっしりと確信に満ちた、そして患者から信頼されるドクターにならないといけない」と、自分自身に言い聞かせながら目をつぶっていたら、いつの間にか眠っていた。

③先輩医師の指導

大学附属病院や一般病院の勤務も次第に回数が増えてきた。大学附属病院の研修の次には、ＴＳ市民病院に赴任した。私は医師の経験も次第に積み、上司の先輩医師に対して生意気なことを言いながら、整形外科疾患の診断や治療に自信を持つようになってきた。その自信が最も危険であり、新米医師が二年から四年の経験だけですべての治療を上手くできるような錯覚に陥り、難しい治療にも上司に相談なく自分よがりの診断と治療をするらしい。「これが最も恐ろしい」と、関連病院の先輩医師は常々新米医師たちに語り掛けていた。

特にＴＳ市民病院のＴ先輩医師は大きな腹を抱えてズボン吊りでないとズボンを止められないほどの下腹部を持っていたが、顔貌は優しく繊細で些細なことも見逃せない性格の持ち主であった。そのために新米医師に対しても事細かく指導していた。専門は脊椎外科であり、腰椎椎間板ヘルニアに対して造詣が深く技術に自信を持っていた。その上司の指導により、新米医師といえども脊椎外科手術などの高度な診療技術を身に付けることができた。

脊椎外科手術といえば腰の手術であり、一般の人々は「下手に手術してもらったら脚が動かなくなる」と恐れられている。そのために、この肥満のＴ先輩医師は注意深く腰の手術を行うので患者も信頼している。

ある日、腰の手術が行われた。私が手術助手を務める。手術が始まってから、最初の頃は機嫌よく、

「この筋肉を右へ避けて、ゆっくりと丁寧に神経を触れながら、柔らかく手前に引いて寄せる、わかったね」

と顔も動作も心も順調である。

「この余分な皮膚を少し切除してくれるか」

と新米医師の私に声を掛けた。

「はい、分かりました。はい、切りました」

と答える。するとＴ先輩は真っ赤になって、

「こらこら、こんな切り方したら、アカンアカン。どうしてくれんのや」

と怒鳴る。しばらく手術を続けるが、それでも気持ちが鎮まらず、また、

「どうしよう、どうしよう」

と独り言を繰り返しながら、手術を進めている。しばらくして、またも、

「なんや、えらいこっちゃ、どうしようかな」

と狼狽えるような仕草を見せる。手術を大失敗したように言っている。皮膚を少し切除しただけで、神経とも筋肉とも何の関係もない。如何に新米医師とはいえ、この皮膚切開が手術の成果に何の影響も与えないことは自明の理である。しかし、Ｔ先輩医師の気持ちが治まらないので、マスク越しに謝ると、

「いやいや、どうもないよ、このぐらいのことはね」

とＴ先輩医師は気分を変えて、普通の表情と動作で手術を続けた。あまりにも理不尽な言動に、私は手術が終了するまで会話する気分になれず、黙って手術助手を続けた。憂鬱

の極みであった。

手術終了と同時に、T先輩医師は、

「やあ、ご苦労さん、手術は上手くできた。これでこの患者は痛みも取れて元気に生活に戻れるよ」

と上機嫌になっている。あまりの変容に私は驚き、これまでのT先輩医師への尊敬が嫌悪に変わっていた。手術テーブルで同じく手術の介助をしていたナースがそっと私に近づき、

「先生、あの部長先生はどの若い先生に対してもこのように言われるのよ、気にしないでね」

と話してくれた。T先輩医師は非常に真面目な方で、優しい親切なお医者さんだけれど、手術の時だけ緊張されるあまり、ちょっとしたことがきっかけに、あのように振る舞われる、と付け加えた。

ある時、大学医局へ立ち寄ると、同級の新米医師の会合があった。私がTS市民病院へ勤めていると言うと、前任の新米医師がやはり同じことを言っていた。二人顔を合わせて、

「T先輩医師の性分だから仕方がないのだろうな。それ以外はよく教えてくれるし、親切

に医師のあり方などを熱心に説明してくれる。頼りになるしね。繰り返すけれど、手術助手は辛いよね」

と慰みあった。

それから数カ月後、同じＴＳ市民病院で私が治療した患者の指の傷《きず》がなかなか治らなかったことがあった。患者は激しい形相で苦情を申し立ててきた。遠くで見ていたT先輩医師は激高している患者に近づき、

「これは指導者の立場にある私の責任です。これからは私が責任を持って治療を継続させていただきたい、と思います。ご了解いただけますでしょうか」

と丁寧に話してくれた。

第9章　医学研究と海外留学

1　医学研究と国内留学

①動物実験

医学を志した者は、患者の診療のみならず医学の研究を行い、基礎医学と医療に貢献しなければならない。これが医学のみならず医療の発展に連なり、患者に還元される、と常々主任教授が話されていた。

整形外科へ入局して二年目になると、臨床研修にも慣れてきたということで、医学研究課題が与えられた。病院勤務と同時に研究の仕事が加わる。それに大学附属病院に勤務中は無給でもあるので、アルバイトの仕事も無視できない。悪く言えば三重苦を負わされる。しかし、これが医師の務めでもあり、命や生活を守るためにはこれぐらいのことを苦悩と思うのはとんでもないことである。医学の道に進めたからこそできるのであって、一般の人々から見れば医者修業の当然の道ではないか、と思われるであろう。三重苦とは何事か、三重奏の喜びと捉えるべきである。いわば、臨床、研究ならびに生活の三種の神器であり、どれが欠けても一人前の医師とはなり得ない。

医局内の医師勢力図で劣勢組に属した私の研究テーマは、「先天性股関節脱臼の研究、ただし、実験的に先天性股関節脱臼を作ること」であった。先天性股関節脱臼とは、生まれながらにして股関節（ヒップ）が脱臼している子供の先天性異常である。そのまま成長すると、跛行《はこう》（歩容に異常が出る）となり肩を揺らすように歩くし、歩く速さや走る動作も遅くなる。成人になると股関節や脚に痛みが起こって日常生活にも支障をきたす。高度な場合には歩けなくなる厄介な障害である。

その原因は不明であり、外国に比べて日本での発症率が非常に高かった。女性に多いことからホルモンの異常、胎内での異常、出産後の赤子の扱い方、遺伝的素因などが言われているが、確かなことは分からない。私に課せられた研究課題は胎内異常説を確証せよ、ということである。胎内でどのような異常が起これば先天性股関節脱臼が生まれるか、を発見せよ、との教授命令である。

大学附属病院の研修時間が終わると、大学医学部の動物実験棟で研究を行った。夕刻から夜間が研究時間である。ラットを実験に使用するが、まずラットを手に入れなければならない。調べると動物実験用の動物飼育販売業者があることを知った。各種ネズミをはじめ犬猫猿など多くの実験用動物を扱っている。野生の動物を捕獲して販売しているのかと思ったが、そうではなく、飼育している。しかも無菌あるいは滅菌動物であるという。野生動物では伝染病が潜んでいることもあり、その被感染動物を使用すると研究成果が誤認されるし、最悪となると動物実験棟にすべてが感染してしまう危険性がある。野生で捕獲しても病原菌の除去や内臓などを検索したのちに、実験棟へ収納するという。

さらに、医学部動物実験棟では専属の獣医が常駐して検査のうえ、実験室へ入れるという念の入れようである。それだけに研究というものの厳格性と正確性に対する研究者やそれに携わる人々の研究態度を新米研究者ながら垣間見ることができた。それだけに動物費は高価である。ラットは比較的安価であったが、無給医師でアルバイト生活の青年医師にとっては大きな出費であった。大学の研究費から支出されるのではなく、個人が使用する動物は個人支出となっていた。多くの医師が研究するためである。

ラットの種類にもいろいろあり、たとえば、高齢者の研究をしている人ならば年老いたラット、子供のラットが要るならそのように提供している。私の研究には胎内で動物実験する必要があり、ラットを妊娠させてその胎児を使用するので、妊娠しやすい若々しいラットが必要であった。動物実験棟のラット購入依頼票に匹数を記入して申し込むと一週間ぐらいして連絡があり、実験棟のラット室に番号を付けてラットケージ（飼育用箱）を用意してくれる。

研究者が動物費を業者に直接支払うことになっているので、その際に業者と雑談することも多かった。この業者は一般の人々にペット動物として販売することはなく、親の代から研究用動物を提供してきたので歴史も長いという。感染動物や変な動物を納入すると、研究者から拒否され販売できなくなるので廃業しなければならない。それだけに注意して納入しているので、大学研究室のみならず公的な研究機関やその他の研究所に納めている。すべての動物に苦痛や死という大きな負担をさせており、申し訳なく思うが、親から引き継いだ職業であり、神妙に取り扱っている、と言う。

せめての償いとして、高野山の墓地にそれなりの土地を購入して、高僧による供養や家族で冥福を祈っていると言う。

それから約十年の月日が経過した頃に高野山へ家族で旅行したことがあった。奥の院へ続く高野杉木立の細道に沿って、織田信長や豊臣秀吉などの大名の墓が林立している。有名人などの墓を確認しながら見て回るのも楽しい。その時に大学当時の動物業者の話をふと思い出して探してみたところ、確かに立派な石碑が立っていた。高野山という歴史的な場所に著名な武将の墓碑に交って、相当の広さの墓地を構えることはかなり難しいと想像するが、「動物の碑」と銘記され、その墓石の裏側に彼の業者名がみられた。驚くとともに、動物を生業とする業者の生き物に対する敬愛の念が湧いてきて、思わず深山の静寂とともに人の信念に感銘を受けた。

②山積する研究の難題

注文したラットが実験棟に到着すると、私は大学医学部の動物実験室で研究を開始した。まず、業者から運送された仮ケージから本ケージにラットを移さなければならない。私は幼少時より動物嫌いというより恐がりであった。虫けらでも触ることを躊躇った。ネズミに触れるなどはもってのほかであった。仮ケージの中のネズミをどのように持ち上げるかが分からない。

私はラットの長い尻尾を掴んで持ち上げようとした。すると持ち上げた瞬間にラットが体を捩じ上げるように反り上がり、私が掴んでいた親指と人差し指を噛むように襲ってきた。噛まれなかったが、慌てて尻尾を離してしまった。運良く仮ケージ内にラットが落ちた。ケージの中へ入ったから良かったが、もし、ケージ外に落ちていたらラットは走り回って永久に捕獲することはできないであろうと、冷や汗を拭った。やれやれと半分安堵したが、未だ本ケージへ戻していないので、仕事は終わっていない。

じっとラットを見つめながら、どのようにすれば安全に本ケージへ移せるか考え込んでしまった。やおら立ち上がり、今度はしっかり掴んでやろうと思い、同じように素手で尻尾を掴み持ち上げた。ラットも二度目のことで興奮していたのか、やり方を覚えてしまったのか、飛び上がり方が大きく、反り返るように体をくねらせて今度は指を噛まれた。すると、私の痛いという声を聞きつけた動物舎の飼育係員が寄ってきて、

「先生どうしたの？　ラットに噛まれたのですね？」

と聞いてきた。

「尻尾を掴んで持ち上げたら噛まれたよ」

「先生はラットを使うのは初めてですね、やりましょう、こうするのです」

と言いながら、素手でラットの首筋と背筋の間あたりを押さえながら掴み上げる、ラットは動きもなく観念したようにジッとしている。そして本ケージへ移してくれた。このよ

うにして注文していた五匹のラットを個別のケージへ移し終えた。私は指をすぐに消毒したが、しばらく腫れていた。これからが研究である。

私の研究は先天性股関節脱臼の実験的な証明であるから、ラットを妊娠させて母ラットの子宮内胎児に対して股関節に異常を起こさせなければならない。どのようにすれば実験が円滑に進められるか、研究論文を検索しながら勉強した。まず妊娠させて胎児を増やさなければならない。雌雄のラットを同じケージに飼育していても交尾しない。たとえ妊娠してもいつ妊娠したのか妊娠日が分からないので、実験の記録が曖昧になり研究としてはよくない。

そこで、雌雄を完全に離して飼育し、雌の生理周期を観察して妊娠可能日に近い時期を割り出して、その雌を雄の飼育ケージに移すことにした。雌の生理周期を確認するには、膣よりスメア（Smear：塗抹標本）を採り顕微鏡で観察する。そのつど、雌ラットを掴み上げてスメアするので、綿棒で刺激するためなのか、なかなか妊娠してくれない。附属病院の勤務が終わるや否や急いで動物舎に駆け寄り、ケージの中のラットを見遣るが、腹部の膨れていないラットばかりである。

病棟の受持ち患者のことも気になるし、研究に時間を割くと、患者の世話が疎かになると、上司や看護師から批判され兼ねない。そのため毎日自宅へ帰宅するのは午前様に近い。

大学附属病院の勤務期間が終了し、関連病院へ転勤するとなると、これまでの研究は継続できなくなる。飼育中のラットを放棄するか、また継続しようとするにも、関連病院の勤務時間が終わってから、大学医学部の動物実験室へ行かなければならない。これはさすがに体力的にも無理がある。

ある時、田園風景の中央に位置する中核的な総合病院に勤務した時には、大学医学部の動物実験室内のラットを持参して赴任してもよい、という話が整形外科部長より通知されてきた。私が結核病棟で初めて経験することになった、あの県立ＫＷ病院である。地方病院では研究する機会が少なく、病院自体にとっても医師獲得の面でハンディキャップにならないように、研究したい医師には何らかの便宜を図りたい、というのである。

小高い山の麓に病院が広がっており、医師宿舎の片隅に研究用の木造舎が造られており、大きなスペースではないが、動物飼育舎も併設されていた。ちょうど内科医師が心臓の研究のために犬の動物実験を行っていた。ラットを飼育するならスペースもあるし、実験も手助けするから大学医学部の研究を中断することなく、研究しながら病院勤務をすればよい、ということになった。

ラットケージやその他の実験器具を用意して、私は県立ＫＷ病院へ赴いた。周囲には田園が広がり空気も良く静寂であり、生活環境は良好である。ラットも環境を感じることができるのか、丸々と太り生き生きとしていた。これならばラットの妊娠も容易に成功することができる、と喜んだ。

しかし、飼育舎は木造で頑丈に造られたものではなく、外部からの侵入も容易であった。夢中で実験している時に、何か変な気配があると感じて、振り向いた途端に仰天した。二メートル以上もある青大将がラットを喰うために近づいていたのだ。爬虫類に対して異常なまでに恐怖を抱く私には、とんでもない出来事であった。私はすぐにラットケージを取り上げて動物舎の外へ飛び出した。近くにいた内科医師は、勇敢にも青大将を掴んで遠くへ放り投げてくれた。しかし、青大将にとってラットは最高の嗜好品なのであろう、連日ラットを食するために出没するようになった。どうしても恐怖感が先立ち落ち着いて研究することができなかった。結局、良い研究成果を得られずに、この病院での勤務も一年間で終わった。

③国内留学

大学附属病院と関連病院との勤務をローテーションしながら、医師として研修を積み上げていくと同時に、研究も経験していった。私が大学附属病院へ戻ってラット研究を再開していた時に、ちょうど胎児研究に権威のあるＴ大学医学部解剖学教授のＤ教授から手紙が届いた。

「貴君の主任教授であるＤＫ先生からラット研究について相談を受けたが、なかなか苦労しているらしいね。よければ国内留学として一年間ぐらいＴ大学医学部解剖学教室で研究しないか」

との連絡が入った。ラットの妊娠方法も未だに確立できず、胎児の股関節脱臼の研究も行き詰まっている時でもあり、私はＴ大学へ国内留学することとなった。

Ｄ教授は先天性奇形の研究で有名であり、Ｔ大学医学部解剖学教室の主任教授である。医学部解剖学教室助手として一年間の期限付きでお世話になることとなった。Ｔ大学は四国にあり眉山の麓に広大な敷地を有していた。Ｔ大学附属病院とともに、基礎学舎や多くの研究室が散在しており、研究には適した環境の大学であった。

研究の目的は、これまで通りで、ラットを妊娠させ、子宮を開き胎児の股関節を手術的に脱臼させて、再び胎児を子宮内に戻す。しばらく飼育を続けると分娩するので、手術を受けた胎児は先天性股関節脱臼を有した新生児となって生まれる。研究目的に合致した方法である。

第一段階として、まずラットを妊娠させることが重要である。これができなかったら、胎児股関節の研究を始めることができない。そこでD教授から、どうすればラットが妊娠するか、その方法を直接聞いて指導していただいた。そこで頻繁にスメア法を行うと雌ラットが興奮したり刺激されたりして妊娠しない。すべてラットに対して愛護的にしなければならない、と教えられた。そのために金属ケージを替えなければならない。金属では感触が冷たくてラットが生活しにくいから木製ケージが適している、と教えてくれた。私は早速に取り入れた。

ラットを妊娠させる方法について、D教授はこのように指示された。雄ラット五匹をまとめて一つのケージに入れ、雌ラット五匹もまとめて他の一つのケージに入れ、雌雄を別々に飼育する。数日後にいずれのラットも落ち着くので、それから、雌ケージの中のどのラットが妊娠に適しているかを観察していく。それは雌ラットの膣部をよく見れば分かる。その際には、木綿の手袋を着けてラットの首筋から背中にかけて優しく柔らかく掴み、仰向けて恥部を観察すると、恥部がややピンク色に変色しやや膨らんでいるのが分かる。これは雌ラットが発情していることを示している。このような雌ラットを一つケージに閉じ込められていた五匹の雄ラットの中に投入する。すると、五匹の雄ラットが勢い良く雌ラットに近づき、次々と交尾する様子を観ることができる。ちなみに、もし雌ラットが発情していないと雄ラットはまったく雌ラットに近づかない。

交尾後は二十四時間そのままにしておく。そして、その交尾済みの雌ラットを雄ラットケージから取り出して、妊娠予定ラットとして個室のケージに入れて大事に飼育していく。九十五パーセント以上の確率で妊娠している。

第二段階では、ラット胎児股関節に異常を起こさせることである。ラットは妊娠後二十三日から二十五日で分娩し新生児を出産する。関節異常を発症させるために、まず薬剤を投与することを考えた。日本の赤ちゃんで先天性股関節脱臼を起こすのは女児が圧倒的に多いので、女性ホルモンの影響かもしれない、という研究者がいる。これを証明するために妊娠雌ラットにホルモン剤を投与したが、あまり効果的な結果を得ることはできなかった。

次に先天性股関節脱臼の原因と考えられているもう一つの説が外傷説である。妊娠中に何らかの原因で強い力がお腹に加わり、強制的に股関節が脱臼しやすくなるのではないか、という説である。そこで、妊娠二十日目に妊娠ラットを麻酔したうえで、妊娠ラットのお腹を切開して、胎児を子宮とともに手術台に取り出す。ラットの子宮は双角子宮となっており、ちょうどサボテンの木のように、英語のUの下に木が付いているような感じである。三個から四個の胎児が双方の子宮に数珠のように並んでいる。そのうちの一つの胎児を選んで子宮を切らずに、特殊な小さな手術器械を使って、その小さなフックの先端を、胎児の股関節に引っ掛けて、注意深く股関節を脱臼させる。脱臼させた後に胎児を子宮とともにお腹の中に戻して手術を終える。非常にデリケートな手術である。

麻酔が覚めた後には親ラットは元気にケージ内を動き出し、手術後、三～五日過ぎるとお産となり六から八匹の新生児を出産する。ところが手術を受けた新生児は傷がついているので、親ラットが共喰いのようにして食べてしまう、という習性があるため、厄介な問題が起こった。せっかく妊娠させて手術して出産まで見守ってきたのに、肝心の手術した新生児が親に食べられてしまい、研究が振り出しに戻ることになる。時間と研究費の無駄となる。

親ラットによる新生児ラットの共食いを避けるため、出産した直後に手術の新生児ラットを親ラットから取り上げて人工飼育することにした。ラットの新生児であるから、成人の親指ほどの小さな赤ちゃんである。恒温の保育用ケージを用意して綿布団を作り、その上に赤ちゃんを寝かせて管理する。人工的に栄養を補充しなければならない。そこで、新生児用のミルク成分を栄養学研究室に依頼して作ってもらった。それを三時間ごとに昼夜を徹して私が手作業で授乳しなければならない。

そのために実験室に簡易ベッドを持ち込み、その横に新生児ラットケージを置いて、三時間ごとに目覚まし時計をセットし授乳させた。新生児ラットゆえにミルクも体温に相当の温度を維持し、注射器にミルクを入れて、柔らかく滑らかな細いビニールチューブを注射器の先端に取り付けて、ゆっくりと口から食道へと注入する。ミルクの注入速度が速いと嘔吐し逆流して窒息するか胃痙攣を起こして死亡する。順調に上手く管理できれば約一週間でかなりしっかりと成長し、授乳もしやすくなるが、それまでに約八十パーセントの新生児ラットは死亡してしまう。

このような動物実験が約三カ月間も続き体力的にも限界を感じるようになったが、資料も蓄積されて次第に研究成果も積み上がってきたので、これが正念場と思い頑張った。

手術や飼育の合間に、ラットの股関節を採取してホルマリン固定した後に、薄く切片にして染色し、顕微鏡で股関節を細部にわたって観察していった。組織学的研究である。

このようにしてT大学での研究も終わり、論文にまとめて発表することができた。そして私は博士論文も合格して医学博士となった。しかし、そのために、多くのラット、なかでも雌ラットや新生児ラットが研究とはいえ苦痛とともに死亡したことに哀悼の念を抱いている。未だに供養していないことにわだかまりを感じている。

2 海外留学

国内留学によって研究論文を終結したので、私は整形外科の研修を続けるために、母校の大学附属病院へ籍を移した。やはり無給であり、以前と同様の環境であった。ところがまもなく、国内留学での研究とは関連なく、これからの日本人医師として米国の医学事情に触れて国際感覚を養ううえで有益であろうということから、主任教授の命により私は海外に留学することになった。渡航準備として、「英会話」「国際運転免許」の取得に加え、「必ずコーヒーを飲めるようにしておくこと」と先輩に忠告された。そこで、無給医師、会話の練習、自動車教習所の別の三重苦を味わうこととなった。

英会話にはあまり触れる機会もなく、もともとは日本語の会話でさえもあまり上手ではないので、英会話についてはまったく自信もない。しかし、ある程度訓練していなければ、米国人から馬鹿にされ相手にされないし、医療も知識も取得できないと聞いたので、外国人による個人授業を受けることになり、週三回、夜のレッスンを受けるために外国人教師宅へ通った。日本語の下手な人は英会話も上手くならない、との予想通り、

「あなたは上達が遅いですね。英単語をもっとたくさん覚えてください」

などと言われて失望した。これでは米国では生活できない、と私は考えて海外留学を辞退しようかどうか、懇意の先輩に相談した。その先輩は三年間の米国留学を経験し帰国していた。

「日本で英会話が上手になっても米国へ行けば、まったく役に立たないよ、本場で直接に会話して、恥をかいて、経験して、そして会話に慣れてくる。心配せずに米国へ行ってこい」

と励まされた。先輩はそのように慰めてくれるが、やっぱり練習して英単語をできるだけ多く覚えたほうがよいと思い直して、英会話習得のために通い続けた。

運転免許証は学生時代に取得する機会がなかったので有していなかった。この時代から

日本でも自家用車を所有する人が多くなり、それにともなって運転免許証を取るために自動車教習所へ行く人々が急速に増えた時代である。自動車教習所がかなり新設されたが、入学希望者が多くて私の希望教習時間帯を予約することが難しい。無給医師の勤務、英会話の時間などを考えると、予約時間帯が非常に狭くなる。病院での勤務時間を友人に頼んで肩代わりしてもらい自動車教習所へ行くことにした。ところが、このことが医局長に知られてしまい、

「医師の勤務を何と心得ている、担当の患者様を他の医師に委ねて自動車教習所へ通うとは何たることか！」

と大目玉を喰うこととなってしまった。そこで、自動車教習所の教官に頼み込み、希望の時間を予約してもらうことに成功し、出発前に運転免許証を取得することができた。同時に国際運転免許証も獲得することができたが、余計な出費であった。教習予約を頼むために居酒屋へ誘う必要があったためである。

また、コーヒー飲料に馴染んでおけ、と先輩は忠告してくれたが、我が家ではあまりコーヒーを飲む習慣がなかった。お茶以外ではほとんど紅茶ばかりであった。そこで、インスタントコーヒーを買い求め、飲むことにした。一口飲むと非常に香ばしい匂いに喜んで、

こんなものを何で早くから口にしなかったのだろう、と思うほどであった。

ところが、三十分ぐらい経過してから、頭がぼんやりとして、目が回るようになって、いらいらして、立っていられないようになり、横になって寝込んでしまった。一時間や二時間が経っても回復せず、やがて眠ってしまった。一時間後に覚醒したところ、やっと普通の生活に戻ることができた。非常に辛かった。

しかし、先輩の忠告が気になって、翌日にも再びコーヒーを飲んだところ、やはり同じような状態になった。先輩に話すと、

「慣れてくるから、練習せよ」

と言う。だが、一週間の間を置いて、コーヒーを飲む練習をしたところやはり同じであった。身体全体が怠くなり、何とも言えない辛さが残り、しばらく眠らなければ回復しない。いずれは慣れてくるであろうと、その後、約二カ月間にわたり試みたが失敗したので、もうコーヒーを飲むことを諦めた。米国へ行ったら、「アイムソーリー、キャンノット・ドリンクコーヒー」と言えばよい、と心に決めた。

余談となるが、留学してから米国では必ずコーヒーと紅茶の二種類の飲料を用意していることが分かった。

なぜ、このような症状が出るのか、コーヒーアレルギーがあるのか、何が原因か考えた。だが、カフェインか他の因子か、カフェインならば紅茶も多く含んでいる。それに人々は眠くならないためにコーヒーを飲むのに、正反対で眠くなるから不思議である。よく分からない。

コーヒーが飲めなくて困ったことはあまりない。しかし、仕事の地位がだんだんと偉くなり、上司の家庭を訪問した時に困惑することがある。ご婦人（奥様）がコーヒーを当然のことのように出された時が問題である。せっかく差し出されたコーヒーを咄嗟に「コーヒーはダメです」とは言いにくい。無理して飲むことができればよいが、本質的に身体が受け付けないから仕方がない。そこですぐに断るのは失礼である、どのタイミングでお断りするか、が思案のしどころであった。十分から二十分ぐらい経つとコーヒーも冷えてくるので、ご婦人のほうから「あなたはコーヒーがお嫌いですか」と聞かれると、気が楽になり、「すみません、私はどうもコーヒーにアレルギーのようで」ということで終わる。

ご婦人がコーヒーを出して座敷奥へ引き下がったままで、見送りのために玄関でお会いした時には困る。「コーヒーが冷めてしまって、お茶もお出しせずに申し訳ありません」と言われると、恐縮して「初めにコーヒーを飲めないことを言えばよかったですね」と思うが、訪問して直ぐに飲み物を催促することもできない。飲めないがゆえに、いろいろコーヒーで悩んだことは山ほどある。分かってもらえないだろう。

①シアトル

一九六八年（昭和四十三年）から一年間、私は米国ワシントン州シアトル市のワシントン州立大学へ留学することとなった。戦後二十年以上が経過し、一九六四年（昭和三十九年）の東京オリンピック開催を経験し、日本の経済も急速に発展して、商社をはじめ電気やカメラなど多くの会社が海外に進出していた頃だった。それに伴って海外に出張する人々も増加した。一般人の海外旅行も農協団体を中心に盛んになり始めた頃であるが、海外留学はそれほど多くはなかった。そのために、米国に留学することは珍しくもあり、職員による壮行会や見送りを受けて出発するほどの出来事であった。私は新大阪駅で万歳の三唱を聞きながら東京駅へ向かった。

東京モノレールを経由して羽田国際空港からノースウエスト航空ボーイング707機に搭乗した。当時の最大の大型ジェット機であった。スチュワーデスは全員が外国人であり会話は英語で日本語を話さない。海外で初めて英会話を話す機会と考えてその機会を窺っていた。

　出発予定時刻がかなり過ぎたのになかなか飛び立つ気配がない。そのうちに機内放送で「機内整備のために出発が遅れる」と放送された。英語のアナウンスに一生懸命聞き耳を立てていたが、自信がなく不安となり、私はアナウンスの内容を確認したくなり、意を決しスチュワーデスに話しかけた。どのような内容のアナウンスであったか、と聞きたいが、発音が悪く通じない。挙句の果てに「ウエイトモーメント」と言って去っていった。しばらくして、東洋人らしい美貌のスチュワーデスが入れ替わって助けてくれた。彼女は米国生まれの日本人三世と言った。日本語はたどたどしいが、英語混じりでなんとか通じた。

　この時、私は英語のみで会話できなかったことの悔しさが込み上げてきて、これから先、一人でしかも外国人の医師や看護師や職員や患者と共に、英語世界の中で暮らさなければならない、と考えると途端に心が落ち込んでしまった。飛行機は二時間遅れて出発し、十一時間の飛行でシアトル・タコマ国際空港に到着した。その間、一睡もできなかった。

　シアトル市は米国の北西端ワシントン州に属し、州はカナダのブリティッシュコロンビア州に接しバンクーバーにも近い。北海道よりも北方に位置するが、海洋性気候でもあり比較的温暖である。冬も時には厳寒もあるが、市街地では比較的積雪も少なく過ごしやすい。東側の山脈地帯には富士山によく似たレーニア山がある。雨や霧の日が多い街でもあるが、晴れた日には素晴らしい山容を眺めることができ、雪を冠して神々しくもあり、移住者からはタコマ富士と崇められている。特に高速幹線自動車道の橋上から見る風景は喩えようもないほどに、ビルや周囲の山々を越えて偉容を誇っている。世界最大の航空機メーカーの本社や工場が州の方々を占めている。

②病院勤務

私の勤務する病院はシアトル市の高台に建つS病院であり、ワシントン州立大学医学部の教育病院として知られ、有名な医師が診療と教育に携わっていた。各地から研修医（レジデント）が各診療科に配置され、教育を受けるとともに勤務に励んでいた。私は米国人の整形外科レジデントと共に厳しい教育と訓練を受けるが、中でも手術助手が主な勤務であった。手術中に米国人医師からいろいろな注意事項を指示されると同時に手術方法や手順などを教育される。手術時に助手の仕方が悪い時には英語で罵声される。しかし、このことが帰国後には整形外科指導医として、手術や教育に大いに役立つと信じて我慢する。

しかし、英語で叱られても、日本語で怒られるほど心にダメージを受けないので、気持ちが少し楽である。しかし、指導医の顔を見るとやはり恐ろしいので、できるだけ顔を合わせないようにしながら怒声を聞き流していた。手術が終われば大変あっさりとして、弱気な日本の医師に向かって親切に話しかけてくれ、日本の現況などを聞いてくる。このように夕刻まで手術場で働くが勉強にもなり、国際的にも有名な整形外科医と身近に接することの喜びを感じて、体力は消耗するが楽しい毎日であった。

手術の前日には、手術予定患者の健康状態、これまでの病気の経過（病状）などを把握するために、あらかじめ患者に直接面談しなければならない。日本人医師にどのように対応してくれるかにより会話も弾む。その際には病状の内容も十分に聞き取ることができる。しかし、患者の中には、第二次世界大戦のことを話して日本人嫌いの高齢者もいる。その時にはほとんど会話にならないし、真珠湾攻撃により息子が戦死した、と呟き不機嫌になる。

しかし、米国人は世界ナンバーワンのプライドを持っている人々が多いので、温かく教えてやろう、という気風が強く、聞き取りにくいジャパニーズ・イングリッシュに対しても一生懸命に日本人医師の問いかけに熱心に耳を傾けてくれる。特に日本に長く駐留して帰国した人々は日本の文化にも知識があり、むしろ想い出もあるのか、なかなか会話が終わらない。

夜間宿直や休日当直の日にはかなり緊張する。当直室か寄宿舎に缶詰となるのだが、入院患者の異常がある時にナースから報告が入り、それに対して指示しなければならない。オンコールと称して電話で応対してよい、とされている。若いナースの会話は話すスピードが速く、電話ではなかなか報告内容を把握しにくい。聞き直しても分からないことが多いので、病室まで行くから少し待ってくれ、と返事して、急いで病室へ出向く。そして患者を診ると、だいたいその病状は言葉が通じなくても理解できる。

「わざわざ夜間なのに診に来てくれてありがとう」

とナースは喜んでくれる。英会話の能力が不足して理解できないから診に来た、とは言えない。しかし、信頼が高まるので会話もしやすいし診療もしやすい、変な具合である。

S病院の勤務のみならず、米国では青年医師に対する教育が厳しい。週に一回はワシントン州立大学医学部にすべてのレジデントが集い、主任教授による諮問が行われる。鋭い眼差しと明快な発声で問題点を名指しで追及される。英語のハンディに悲しくなる。その他にも、週一回は特別疾患に対するカンファレンスが当番病院で行われる。この二日間は緊張の連続である。

③左ハンドル右側通行

当宿直の義務のない時には、土日が非常に楽しい。金曜日の午後五時になるとフリーになるので、私はよくシアトル中心部に出向いていた。着くとまず、日本食堂へ寄り、焼き鯵か焼き鯖と味噌汁を注文して白飯を山盛り一杯食べる。鯵も鯖も大きく一匹丸々出されるので満腹になる。その後は、日本の映画が上映される映画館へ行く。週末しか上映されないが、時代劇か青春ものが多い。

シアトルは日本と太平洋を挟み距離が近く、サンフランシスコやロサンゼルスほどではないが、日本人移民が多い。一世の人々の中には英語のできない老人も住み、日本人向けの商店、レストランや娯楽設備も造られている。それほど多くの留学生もいないので、歓迎してくれ、皆親切であった。

日系人二世で日本語の達者な自動車工場の経営者に中古車をお願いしていた。米国に到着してからすでに一カ月が過ぎ、車のないことが米国ではいかに不自由であるかを思い知らされていた。米国で病院勤務といってもレジデントであり、一般医師のような給料は得られない。それを知っていたのか、十五年間以上も使用していた中古車のセダンを勧められた。持ち主は日本人で高齢だから自動車運転をやめるが、性能も良いので誰かに譲りたいということだった。さらに百ドルでいいと言う。当時、一ドルが三百六十円の固定相場制の時代であったので、三万六千円である。

一九六八年（昭和四十三年）頃の日本では、一般家庭が自家用車を持つ時代ではなかったが、それでも廃車寸前の車ではないか。しかし、あの自動車工場経営者にも熱心に勧められた。彼は、中古車販売店で買うよりも所有者の分かった人から譲渡してもらうほうが安全で確かだから買ったほうがよいと言う。米国に来ていまだ一カ月経過したばかりの青年医師には、自分自身で中古車を求めて販売店と交渉するだけの英語の能力も経済的な余裕もない。また、複雑な自家用車取得登録などはさらさらできるはずもない。自動車工場経営者にすべてを任すほかにないと思い、買うことにした。

二、三日経過して手続きが終わり、自動車の所有者となった。日本の自動車教習所で運転して以来の初めてのドライブであり、気持ちが小躍りするほどの嬉しさでいっぱいであった。週末にその車を運転して寄宿舎からシアトルの街中へドライブした。確かに問題なく中古車は走り出した。

日本で運転免許証を初めて取得した、いわば新米運転手である。そのうえ、米国では左ハンドルのうえ右側走行である。教習所での運転経験しかないうえに、日本では左側走行であったので、その運転癖が染みついており、自ずと左側のレーンへ運転しそうになってしまう。そのために、車の多い繁華街へは遠慮して、住宅の疎らな田園地帯で運転練習し、慣れたら市街地へ乗り入れるようにした。田園地帯でも道路中央白線のない場所ではどうしても左側レーンを通行しがちになる。

市街地の交差点では左折する時が最も錯覚しやすい。右折する時にはそのまま右レーンの右端に沿って右レーンに移るので方向転換しやすいが、左折する時には一つのレーンを越えて右レーンに移らなければならない。日本での左側通行の癖で、道路の左端に沿って進もうとするため、左レーンに入ってしまう。

ある時、そのことが起きたが、歩道に乗り上げて、間一髪で相手側の車を避けて事なきを得た。相手のドライバーが窓から顔を出して怒鳴っていた。何を言っているか分からない。

二度目は市街地であった。かなりのスピードで反対レーンに入ったので、タクシーが突っ込んできた。一瞬、目を覆った。この時にはさすがに生命の危険を感じ、背中に冷や汗を感じた。タクシー運転手に凄い顔で睨み付けられた。

④マウントレーニア

休日で天気の良い日にはどうしても遠出したくなる。古い車だけに遠方へのドライブには躊躇するが、四車線の広い高速道路が重なって山裾を縫うように曲線を描く雄大な跨線橋群を眺めると、どうしても高速走行をしてみたくなる。私は思い切って高速道路へ進入した。すると、「ああ、アメリカ合衆国へやってきた！」という感慨が湧いてきて、スケールの大きな国家であることを自覚した。高速道路での運転を繰り返していると次第に運転にも慣れてきて、左ハンドルや右側走行も高速道路での運転も苦痛を感じることが少なくなってきた。超中古車ではあるが、自動車工場経営者に言われた通り故障もなく走ってくれた。

そこで、快晴のある日、マウントレーニアがシアトル市街の高速道路跨線橋から晴天を背景に聳《そび》えるように映し出された。居ても立ってもいられない気持ちになり、マウントレーニアへドライブした。

国際空港の近くにあるタコマ市まで高速道路を通り、そこからマウントレーニアに通じる一般道路に入って快晴の田園をドライブした。道路は曲がりながら次第に山道を登り出した。それまで小さな山蔭の連続で隠されていたマウントレーニアが所々に姿を現し出した。標高四千三百九十二メートルで富士山よりも高く、その山容は富士山を少し歪めたようでマウントフジに近く、神々しくも感じられた。周囲はレーニア山国立公園（Mount Rainier National Park）となっており、合衆国五番目の国立公園として設立された。曲がりくねりが多く、注意しながらドライブしていたが、あまりにも美景で見惚れてしまい、よそ見して車の後輪が溝に嵌り込んでしまった。

「大変なことになってしまった」と、独りぼっちでシアトルからも離れており、しばらく運転席でハンドルを握ったまま狼狽えるだけであった。ドアを開けて車から降りて後方を見ると、後輪は完全に溝の中に落ち込みエンジンペダルを踏み込んでも這い上がることはできない。そこへパトロール中のレンジャー車が通りかかってきた。「ちょうどよかった、ラッキー！」とばかりに事情を伝えて助けてもらおうと思っていたところへ、パトロールカーから一人のレンジャーが降りて近づいてきた。

そこへ家族でドライブしていたのか自家用車が停車してきた。よく分からないうちに、家族の父親らしい六十歳ぐらいの男性が自分の車を停めてパトロールカーのレンジャー隊に割って入った。すると、レンジャーの人がニコッとこちらに顔を向けて手で合図して立ち去った。同時に奥さんらしい女性が素早く曲がり角の道路に立って、後続車の衝突を防ぐために両手を振りながら、交通整理を始めた。同時に家族の息子らしい青年とともに近づいて、ゆっくりと話し始めた。

「レンジャーに頼めばレッカー車を要請して工場へ連れて行ってくれるが、驚くほどの請求書が送られてくる。これぐらいなら家族でお助けできると判断したから、レンジャーに去ってもらった」

と説明してくれた。なんという親切なお方だろう。見た目にも誠実らしく、英会話も分かりやすいように話してくれる。親子と三人で車を持ち上げたら容易に道路上に戻すことができた。タイヤには傷がなく外れてもいないが、エンジンを駆けようとしたところ始動しない。

そこで、親切な男性はロープを取り出し牽引しようと言う。言われるままに牽引してもらいながらゆっくりと男性の車のロープが緩まないように注意しながら追尾していった。しばらくすると運良くエンジンが回り出した。交差点で停止してもエンジンは回転している。そこで道路端に停車してロープを外すことにした。親切なおじさんは自分のことのように嬉しそうに、

「よかったな、でも同じ道路方向へ帰るから、しばらく後ろから付いて行ってあげる」

と言う。夕暮れも深くなり街灯が頼りとなる時刻で、帰宅を急ぐ自動車で渋滞が始まった。「テキサスターバーン」の看板の前で、後続のおじさんの車がフラッシュ電燈していることに気付き、道路端へ寄る気配をミラーで感じ取ったので停止した。おじさんは、

「次の交差点で私たちは右方向へ折れるので、君の道路方向と異なるからここでお別れになる。エンジンを止めないようにすれば、目的の寄宿舎まで帰ることができると思う。注意して運転してくださいね」

と言う。地獄に仏のようなおじさんであったので、深く深く何度もお辞儀を繰り返してお礼を言った。そして、せめて後日にお礼を申し上げたいから名前、住所と電話番号をお聞きしたいと尋ねたが、

「アメリカは車社会だから、このようなトラブルは、誰にでも遭遇することで、お互いに助け合っている。あまりにも広大な国だから、すぐに修理工場の職員を呼び出すこともできないし、できたとしても法外な修理代と人件費を請求される。だから自家用車のオーナーは皆簡単な修理技術を持っていないといけないし、助け合うことが大切です。当たり前のことだから、心配しないでよいし、気にしなくてもよい。良いドクターになってください」

と言い残して別方向へ走り去っていった。

翌日、エンジンを始動したがかからない。この車の買い取りを斡旋してくれた自動車工場経営者に検査してもらったが、エンジンリンクが擦り減り、もう寿命です、と言われ廃車になった。

しばらく車無しで暮らしたが、週に一回はワシントン州立大学医学部へ研修のために行かねばならず、また、他の一日は別の病院でのカンファレンスに参加しなければならなかったので、そのつど、別のレジデントの自動車に便乗させてもらった。

そのことを知ったＳ病院の有名な医師、――いつも私が手術助手として勤務しているＳ病院の医師――が同病院の医師仲間に諮ってカンパしてくれた。

「いつも手術助手として働いてくれているので、些細な感謝の気持ちである。立派な車を買うほどの資金ではないが、なんとか市内を巡るだけの車なら十分だろう。仕事の合間にアメリカを観て知って、シアトルで残り少ない日々を楽しんでほしい。手術中には助手として働いてくれて、ありがとう」

と言ってくれた。

マウントレーニアでのおじさん、病院での有名な整形外科医師など、なんと素晴らしい人々だろう。オンボロ車が取り成す出来事である、と単純に終わらせることのできないぐらいに、心の高揚を感じずにはいられなかった。

一九六八年八月末でシアトルの病院勤務は終了した。シアトル・タコマ国際空港には、シアトルのS病院の整形外科主任医師のドクターSJ先生がミセスとともに車で見送ってくれた。右も左も分からない、そして英語の下手な日本人医師の面倒を最初から最後まで見てくれた人である。病院勤務中の公的なアドバイスはもちろんのこと、私的にも親代わりのように支援してくれた。固い握手で別れて、私は東海岸を目指して飛び立った。

⑤バージニア

米国西海岸のシアトルのS病院で一年間の勤務を終えて、一九六九年九月から米国東海岸のバージニア州リッチモンド市にあるバージニア医科大学整形外科の研究室に勤務することになった。リッチモンド市はアメリカ独立戦争時にはバージニア植民地の首都がウィリアムズバーグからリッチモンドに移され、南北戦争の中心地ともなったところである田園地帯で、特にタバコの集散地でありタバコ会社で有名なフィリップモリスの本社が置かれている。黒人も多く、工場地帯ではないので静かな街である。

米国の首都、ワシントンDCに近く、高速バスで約二時間の距離にある。その他に、ノーフォーク市には第二次世界大戦後に日本に上陸して統治したダグラス・マッカーサー記念館がある。

バージニア医科大学では、病院勤務ではなく、整形外科疾患の基礎的な研究として骨の微細な変化を調べることが目的であった。骨は人間の原型となっており、脚の骨が折れるとたちまち立つこともできなければ、生活もできない。それほど重要な部位でありながら、なかなか人間としての役割が究明されていなかった。支持組織として人を支えることの役割が最も大きいことは誰でも分かるが、骨折してもなぜまた癒合して治るのか、なぜ年齢が経過すると骨が脆くなるのか、など不思議なことが未解決であった。

⑥骨の研究

骨の微細な研究をしていたのが、この大学のH教授であった。骨は硬い組織であり硬組織といわれている。その理由はカルシウムを基本とする種々のミネラルが沈着してコンクリートのように硬くなっているからである。そのために顕微鏡で細かい構造を調べることができないので、脱灰といって化学薬剤で硬いミネラル質を溶かしてから顕微鏡で観察していた。ところがミネラルが骨に沈着したり吸収したりする疾患が注目されるようになり、ミネラルを失わずに硬組織のままで微細構造を研究する必要性がでてきた。腎臓疾患、特に人工透析患者の骨に異常があることが分かっていながら細かい構造が分かっていない。

バージニア医科大学では腎臓内科の権威がいて、大きな人工透析装置を有し、全米から人工透析を必要とする患者が集まってきた。その中に脚の骨が曲がったり折れたりした患者がかなり混じっていたが、当然歩くことができず生活もできなくなる。そこで、整形外科のH教授が硬組織のままで骨の微細構造を研究する方法を追究していたので、腎臓内科の教授とともに人工透析患者の骨を研究することになった。そこへ私が研究に参加したわけである。

シアトル時代には患者の治療が中心であったが、それとは異なり、研究室に閉じ籠り骨の硬組織を作り微細構造の変化を研究する。その方法とは、人工透析患者で骨に異常のある患者から骨盤の一部分を採取し、その骨片をアルコールに漬けて、さらにプラスチックで直径十から十五ミリ、長さ二十ミリメートルの型に固める。一週間ぐらい後に、プラスチックが固まったら電気鋸を使って厚さ一、二ミリのスライスにプラスチックに包まれたままで切断する。そのままでは荒削りなので骨の微細構造は観察できない。

そこで分厚い磨りガラス二枚の間に、このプラスチック切片を挟み、さらに薄く擦り減らしていく。これ以上に擦ると壊れるほどまでに薄く磨いて切片を作り、そして顕微鏡で観察する。そうすると、驚くほどに骨の細かい構造が分かってくる。

骨の微細構造は、毛細血管に似ているがカラフルで実に美しい構造を有していることが分かる。骨には真ん中に骨髄という空間があり、その中に血液に似た骨髄液があることはよく知られている。しかし、骨髄を囲んでいる硬い骨、これを皮質というが、この骨にも細い血管が縦横無尽に網羅されて骨に栄養を与えている。ところが、その骨の栄養血管内にミネラルが沈着すると、血管が詰まって栄養が骨に届かず、骨が曲がったり破壊されたりする。それが次第に進行すると、脚全体に及んでO脚やその他の変形を起こし、歩くことも難しくなる。

人工透析患者は毎週三日に一回、一日三～五時間の血液透析のために病院へ通うが、それもできなくなり寝たきりになることもある。そこで人工透析患者には、血液中のミネラル成分がどのように変化するのか、これらの血液と骨の関係がはっきりすれば、人工透析患者の運動機能が改善されて生活もよくなると考えられる。

しかし、このように硬い骨組織を研究するには、かなりの労働と時間が必要である。一枚のプラスチック切片を研磨して顕微鏡で観察するまでに要する時間は少なくても一週間が必要である。特にプラスチックを研磨する時には、重くて分厚い研磨ガラスにプラスチック切片を挟み込んで、骨が壊れないように、注意しながら磨り上げる。毎日毎日このように単純で忍耐の要る研究である。資料をできるだけ多く作り、それを観察し解析し結果に結びつけることが研究である。

⑦研究室の黒人

研究室には黒人女性が研究アシスタントとして勤務していた。硬組織研究に対してはあまり関与していないが、事務的な仕事も兼ねていたので、研究材料の取寄せや論文資料の請求などは彼女にお願いしていた。ご主人はタバコ工場で働き共稼ぎである。小学校二年生の一人娘がいた。シアトルには西海岸でもあり、日本語を話す人々がいたので、困ったときには彼らにお願いすることもあったが、東海岸にはほとんど日本人はいなかった。そのために、研究に関することはもちろんのこと事務手続に関することや生活することも彼女に依頼しなければならない。

日本語で話すことは無理であり、英語で会話することとなる。彼女にとっても東洋人、特に日本人に接することは初めてで、私が研究を始めた頃はほとんど会話することもなかった。日本人の英語が聞き取りにくいから敬遠していたのかもしれなかった。そのうちに、発音にも慣れてきたのか、次第に仲良くなってきた。そして、自宅へ食事に来い、と誘われて、いろいろ米国の黒人社会のことを話してくれた。

米国南部の黒人は白人に対して従順な人々が多いが、北部の黒人は反抗的であり、シカゴなどでは暴動や犯罪が多い。ここバージニアでは大人しい黒人ばかりであるという。生活は豊かではなく、ほとんどが夫婦で働いており、中には、昼間の就業後に夜間のパートで収入を増やす人も少なくないという。夕食をご家族とともに過ごしたが、子供は一人で精いっぱいであるといい、なにか静かで淋しい雰囲気でもあった。

その他に、研究室に週二回、研究室を清掃するために黒人の男性が出入りしていた。七十歳前後で腹の出っ張った典型的な肥満黒人である。バージニアから他の州へ行ったことはないし、朝から警護員で働き、午後五時からここに来て働いて、午後十時頃に家に帰り食事して就寝する、と話す。睡眠時間は四、五時間ぐらいだけど熟睡しているし慣れているからあまり辛いとは思わないという。

黒人の南部訛りの英語と日本人の英語だから、すっきりとした英会話はできない。黒人は黙々と掃除しているだけであり、日本人も黙々とプラスチック切片を作製しているだけである。会話する環境でもなく機会もない。黙々と仕事するだけではフラストレーションが溜まってくるので、下手な英会話といえども、話し合う機会が知らず知らずのうちに生まれてきて、お互いに英会話することが楽しみに変わっていった。

さらに、大学の事務局が学内に日本人が勤務しているか否か探してくれた。すると一人だけ胸部内科に留学している青年医師がいることが分かった。留学生係が連絡してくれて会うことができた。小学二年生の男の子と、ご家族で滞在していたので、米国での生活を楽しんでいると話していた。車の運転もしていたので、土日休日にはできるだけ家族とともに遠方へドライブすることにしている。地図を頼りに目的地へドライブしているが、目的場所や方角を尋ねる時には、小学生が発音したほうがよく通じると笑っていた。自宅へ招かれ天ぷらをご馳走になったが、その美味な感触はいつまでも舌の裏側奥深くに残されている。

⑧東海岸での生活

バージニア州リッチモンド市は静かな中小都市である。市内電車で中心部へ行くこともでき、大学周辺にコンビニエンスストアやスーパーストアが集まっており、大学内の寄宿舎から徒歩以内で必要品を用達できるので、自家用車を持つ必要もなかった。

遠方へ出かける時も、「グレイハウンド」という大きなバス会社が全米の都市間を網羅しており、料金も安く便利である。長距離の際には、夜間も運行し、食事時にはレストランを備えているバス停留所で三十分間ぐらい停止する。庶民の交通手段であるが、白人たちは治安が良くない、との理由で敬遠している。中心都市から目的の市街地に到達できるので、空路を利用してタクシーを乗り継ぐ不便さもないからよく利用した。黒人のちょっと恐そうな男が座席の横に割り込んできて、何事か話しかけてきたが、英語が分からないような仕草で黙っていると、諦めて去っていった。現金を盗まれたこともない。

首都ワシントンＤＣへは二時間ぐらいで到着するので、このグレイハウンドバスに乗ってよく出かけた。ワシントンＤＣはポトマック川の北岸に位置し、南西をバージニア州と接している。ワシントンＤＣはコロンビア特別区（District of Columbia）の意で、アメリカ合衆国議会直属の特別区であることを示している。中心部には高さ百六十九メートルの白いワシントン記念塔が目を引き、そこから国会図書館にかけて緑の絨毯、ナショナル・モールがある。徒歩の一日で巡るには非常に広いので、数回にわたり訪問し、スミソニアン博物館、リンカーン記念館やホワイトハウスなどの有名な建築物を見学した。アメリカ合衆国は一四九二年に発見され一七七六年に建国された若い国家でありながら、世界一の強大な国であることは自他ともに知られている。それだけに記念的な建物や場所は非常に大切にしているし、また、造られたものは他国に追随を許さない巨大なものを創造している。閲覧したり見学したりすると驚嘆するものばかりである。いつまで経っても見飽きることはないので、週末にはよくバスで訪問した。

ダグラス・マッカーサー記念館はリッチモンド市より南東方向の大西洋岸に位置するノーフォーク市にあり、バスで約二時間の距離にある。ダグラス・マッカーサーは第二次世界大戦時に連合国軍最高司令官ならびに国連軍司令官を務めた陸軍元帥である。一九四五年（昭和二十年）日本の敗戦とともに厚木飛行場へ来日し日本の統治に貢献した人物である。日本の敵国の最高司令官であり日本人からは敵視されるべき人物でありながら、日本人から非常に愛された。

敗戦後に見られる略奪に対する徹底的な取締りや栄養管理の充実のほかに、日本人の感情を理解して天皇の戦争責任を排除するとともに、日本人に配慮した統治を実行し、日本が敗戦の混乱からいち早く脱却することに努力した。そのおかげで日本は過去の敗戦国に見られない急速な戦後復興を遂げるとともに高度の経済成長を果たしたともいわれている。

一九五〇年六月二十五日に朝鮮戦争が勃発し北朝鮮が三十八度線を越えて韓国に侵略した。マッカーサー元帥が連合国軍を指揮したが、その方針が第三十三代のトルーマン米国大統領の怒りを誘い、総司令官を解任され日本を去った。しかし、日本人から敬愛され、マッカーサー記念館がノーフォーク市に建設された。天皇陛下寄贈の陶器や貴重な日本の品々も展示されている。戦中戦後を過ごした日本人にとっては想い出の多い米国軍人であり、私も訪問できた喜びを味わうひとりである。

このように、バージニアでは骨の研究を進めるとともに、その合間に米国での見識を広めるために日帰りバスをよく利用していた。しかし、研究室内には、これまでの平穏な雰囲気から一転するような事件が起きた。

⑨南ベトナム解放民族戦線（ベトコン）

バージニア州立大学医学部の研究棟は独立した五階建てのビルで、その五階に整形外科研究室が配置されていた。そこには黒人女性の事務兼研究補助員のほかに、若手医師や教官の一部が研究しているが、彼らは主に臨床医として附属病院での診療に専念していた。

研究に対しては、研究目的や方法などを研究助手に指示し、実際の実験や実務は研究補助員に委ねていた。臨床の合間に時間をみて研究室に立ち寄り、研究補助員とともにそれまでの成果とその後の研究を検討して、研究課程を進めていく、というのが、同大学に属する若手医師の考え方であった。基礎的な医学研究は基礎医学教室でやるべきであり、臨床医師が基礎研究に多くの時間を費やすべきではない、という。

整形外科の研究室を主宰しているのがＨ教授である。Ｈ教授は元来カナダ出身であり、ＰｈＤ（ピー・エイチ・ディー）の資格を取得している。これはDoctor of Philosophy（ドクター・オブ・フィロソフィー）の略であり、英語圏で授与されている博士レベルの学位のことである。それだけにＨ教授は基礎研究に対しても実力を備えた教授である。そのうえ、南ベトナム解放民族戦線（ベトコン）に軍医として従軍した経歴もあり熱血漢でもあった。

その当時、一九五五年から始まったベトナム戦争の真っ只中で米国が苦戦し、多くの米兵が死傷したこともあり、米国内で大きな議論が沸騰していた。その理由は、ベトナム国家が北と南に分断され、社会主義を推し進める北ベトナムが、南ベトナム解放民族戦線と称して南ベトナム政府や米国に対してゲリラ闘争を展開していたからだ。これをベトコン闘争といい、米国の兵隊を恐怖に陥れていた。

市街や農村などの戦場でない場所で、突如としてゲリラ兵や北ベトナム人が現れ、米国の兵隊が殺害されることが頻繁となっていた。日常の生活をしていても、いつベトコンに襲われるか予感できず、恐れられていた。精神的な異常を発症する帰還兵も多くみられ、そのためにベトナムへの派兵を拒否する米兵が増え、また、軍医も不足するようになった。そのような時にH教授は三年間にわたりベトナム戦場に従軍していた。実直で竹を割ったような性格の医師であり研究者であった。

米国の国家予算は戦争に支出され、研究費や人件費が削減されていた。そのために外国からの留学生には十分な助成ができなかった。そのような時代にもかかわらず、H教授は私に対して給料をなんとか支給したいと考えて非常に努力した。そのおかげで私は、このようにバージニア州立大学医学部で研究と生活を楽しむことができたのである。もちろんこのことは帰国する寸前に知ったことであり、研究中にはそのことを知る由もなかった。

研究の成果も次第に蓄積され、その研究を発表するために、私は週末に研究室へデータ整理に出かけた。ところが整理棚を見て驚いた。資料や作製中のプラスチックの硬組織標本が見当たらないのである。あらゆる机や箱を探し回ったが発見できない。このままでは、これまでの成果が無に帰してしまうし、H教授に対してこれまでの恩に報いることもできなくなる。週末であり研究室には誰も居ないし、どうしようもない。

悶々としながらも翌朝の月曜日、私は研究室へ出勤して驚いた。資料などが元通りに置かれている。しかし、束ねられた資料が乱れており、誰かにより手が付けられたことが明白である。研究助手たちは誰も知らないし、手を付けていないという。黒人事務員が、

「最近、若い整形外科のW医師が時々研究室へ出入りしているので、彼かもしれない」

と言う。二、三日後に機会をとらえてW医師に面談したところ、その通りだという。その理由は、

「バージニア州立大学のレジデントとして研究報告の義務があり、特に、同大学附属病院の人工透析患者に関する論文を報告しなければならない。そこで、少し資料を拝見しただけだ。騒ぐようなことではない」

と答える。研究者である私の承諾なく大切な資料を持ち出すことは不条理であると、当然ながら口論となった。日本人にとって英会話で苦情を言うことは非常に難しいが、必死の表情から察したのであろう、W医師は黙って研究室から立ち去った。

彼は南部出身の白人で医師としてのプライドが高く、黒人はもとよりのこと、有色人種

に対して横柄で研究室職員からも好意を持たれていない、と例の黒人事務員が話してくれた。そのうえ、彼にとっては、日本人から注意されたことは屈辱的なことであり、必ずなんらかの形で報復するだろう、とも忠告してくれた。

二週間が経過した頃、私は研究室主任のH教授から重要な話をしたいからと教授室へ呼び出された。

「君に給料を支払うことができなくなった。できれば、一カ月ぐらいでこの研究室から去ってほしい」

と言われた。

「ベトナム戦争の出費で研究費が削られていることはよく理解しているつもりですので、これまで有給で研究させていただき感謝しています。しかし、研究はもうしばらくすると完成すると思いますので、無給で滞在させていただき、研究を続けさせてほしい」

と返答した。H教授は大変困ったような顔をされて、苦渋の決断であるような説明をされた。英語を理解する能力も完全ではないが、とにかく教授が困惑されていることだけは確かであり、世話になった教授を責めることはいけない、と感じて、私は一カ月後にこの研究室から去ることを決断した。

帰国寸前に、附属病院の人工透析室の室長にも挨拶に伺った。人工透析患者の骨資料の採取などでお世話になったからである。この室長はP教授といい、韓国出身で米国の教育を受けて医師となり人工透析研究に対する権威として知られていた。アジア人同士でもあり親しくしていた。そこで、驚愕するようなことを聞かされた。

「君が有給で研究室に勤めていることについて、君の上司であるH教授がその上司であるM主任教授から注意を受け、かなり激しい口論があった。その原因は君に給料を与えるために、H教授が整形外科研究費の一部を給与として支出していたことであった。そのことは整形外科の規則違反である」

と説明してくれた。さらにP教授は、

「H教授がそれは研究のための支出だから、なんら違法ではない、と主張されていたが、M主任教授は整形外科のトップでありボスのような存在だから、やむなく、君の給料を停止された」

と説明してくれた。落涙の感じがした。すべてを知った私はH教授に厚く御礼を述べて、リッチモンド空港からアトランタ空港、ロスアンゼルス空港を経由して羽田国際空港へ帰国した。

帰国三カ月後に黒人事務員から国際郵便の手紙が届いた。その中に次のような内容があった、

「コウイチ医師が研究していた人工透析患者の資料については、あなたと口論していたあのW医師がそのままそっくり利用して研究している。もっとびっくりすることを言うと、H教授がバージニア州立大学を辞職して故郷のカナダへ帰られた。急なことで研究室の職員はびっくりしている。さらに、W医師が研究室の責任者になっているので戸惑っている」

と記されていた。

H教授はベトナム従軍兵の医療班に進んで加わるほどの熱血漢であるだけに、M主任教授とのトラブルに対して、素早く決断し自分自身でバージニアを去られたのではないか、と案じていた。H教授に対して再々に手紙を差し出したが、返事はなかった。

第10章　一般病院の勤務

1　日本へ帰国

ロスアンゼルスから帰国して羽田国際空港へ着いたのは一九七〇年九月の夕刻であった。私はそのまま東京で一泊し、老親の待つ自宅へ戻った。その深夜二時頃から激しい喘息発作に苦しんだ。二年間の留学生活では喘息の兆しがまったくなかった。留学中には精神的にも肉体的にもかなり無理な勤務もあったに違いないが、喘息のような兆候は見られなかった。自宅へ帰り気持ちが緩んだのか、それとも九月は秋冷の時期であり寒暖の差によりアレルギーが出たのか、激しい呼吸困難が続き歩行もやっとの状態であった。

私は母校R大学附属病院へ留学の経過報告もできず、数日間寝込んでしまった。青年医師として今後の方向性についても、ボスのDK主任教授と相談したいと思い苛立ちが募ってくるが、真夜中になると発作が続き、精神的にも耐えられない。仕方なくクリニック院長により注射を受けて回復した。

　私自身としては、米国シアトルで経験した手術技術やバージニアの研究成果を大学附属病院や研究室に紹介してそれを大学で継続したいと望んでいた。しかし、一般病院で整形外科医長として臨床医療に従事することを命じられた。当時の医学部は主任教授を頂点としてピラミッド型体制であり、上司からの命令は絶対的であった。その支配により、都市や地方への医師派遣や配置もある程度円滑に進み、都市偏在や医師過疎地域に陥ることもなかった。

　強制的な支配ではあるが、それだけに思いやりもみられた。辺地に派遣された医師はある程度の期間を勤務すれば都市部へ配置転換されるので、平等で人間的な面もみられた。さらに、若い医師に対して思いやりもあった。

　医学研修や研究に夢中になっているうちに三十歳を過ぎることも多く、彼女のない、女性に疎い若者に対して、結婚の手伝いをして安定した生活を助けようとする情けもみられた。一種の婚活である。その当時は見合い結婚と称していた。その一環として、私もこの頃に見合い結婚により妻帯者となった。やはり医師のみならず職業を全うするためには、安定した家庭が必要である、と感じた。

しかし、その後も喘息発作に悩まされることとなった。

2　総合病院整形外科医長

①通勤と喘息

米国から戻った私は市立N病院の整形外科医長として赴任した。明石の朝霧丘の自宅から国道一七五号線を自家用車で通勤した。当時のことでバイパスはなく渋滞の甚だしい国道であり、病院まで片道一時間三十分を要した。入院患者の急変に際しては、真夜中に制限速度を遥かに超過した猛スピードで自宅から病院へ向かうこともしばしばであった。

勤務して半年を経過した秋十月頃に激しい喘息発作が生じた。排気ガスと運転による精神的な疲労のうえに、秋の冷気、特に寒暖差が大いに影響した。気温が急に冷える頃の午前二時頃に甚だしい呼吸苦が襲ってきた。上向きに寝る（仰臥位《ぎょうがい》）はもちろんのこと、起坐呼吸でも喘息は和らぐことなく、寝床で苦し紛れに、身体を引っくり返しながら辛抱しなければならなかった。冷や汗が玉のように流れ、目は虚ろである。

起坐呼吸とはよく名付けた表現である。狛犬のような格好で座り、首を真っ直ぐにして気道の空気抵抗を減らし、少しでも呼吸しやすくする姿勢である。小児喘息の幼子らも医師に教わることなく、自然にそのような姿勢をとって、健気にも苦しさから逃れようとする。

このような喘息発作を周囲の人々が見ると、死ぬかもしれないと思い、恐怖心を抱くらしい。当然のごとく、私の妻もびっくり仰天して救急車を呼ぼうと言う。本人は朝日が昇りはじめる頃には次第に苦しさも緩んでくることを経験的に知っているので、家内の忠告を拒んでいた。喘息発作の頂点を過ぎると、時刻の経過とともに朝六時頃には落ち着いてくる。医院の診療開始時刻になっても喘息発作が長引く時には近くのクリニックで静脈注射（ネオフィリン注射）で楽になる。発作の鎮まりとともに家内も落着いてくるが、安堵感と同時にそれまで抑えていた喘息発作の恐怖心を爆発させるがごとく、

「結婚前に喘息のことは聞いていない。婚約違反であり騙された」

と言う。

②国道一七五号線と子午線

国道一七五号線は、明石の自宅から市立N病院へ通勤し、喘息に苦しみながら医療に務

めた思い出の国道である。国道一七五号線は兵庫県明石市を基点とし京都府舞鶴市に至る南北を結ぶ国道である。現在は山陽自動車道や舞鶴若狭自動車道の高速道路網の発達で渋滞も解消され軽快なドライブウェイであるが、その当時では、瀬戸内から山陰海岸へ抜ける大動脈であった。ちょうど東経一三五度の子午線に沿った国道である。南から北へ、順に、明石市、神戸市西区、三木市、小野市、加東市、西脇市、丹波市、福知山市、京丹後市の九市が子午線に沿って位置している。舞鶴市は子午線からやや東に逸れるが国道一七五号線の終点である。

「子午線」とは、旧暦干支で表すと、地球で真北の方角が「子」、真南の方角が「午」となり、真北と真南を結んだ線である。地球の経線である。英国グリニッジ天文台の子午線を経度〇度とし、東へ一八〇度、西へ一八〇度に縦分割して子午線の経度を表している。英国から東へ一三五度移動した経度、すなわち東経一三五度が日本国の中央付近に位置しており、しかも英国からちょうど九時間の時差があるので、数字のうえで国際標準時と比較しやすいことから、東経一三五度を日本標準時子午線とする、と明治十九年（一八八六年）に制定されたものである。

その理由は、日本の文明開化が盛んになり外国との交流も一層増え、国際的な時刻を表現する必要があったからだ。首都東京の東京天文台は東経一三九度四十四分四十秒に位置していた。経度十五度で一時間の時差、と決められているので、東京では経度も時差も小数点が並び、日本標準時には相応しくない。そこで経度が日本の中央付近にあり、数字的に分かりやすい場所として一三五度の地点が選ばれた。

九市はいずれも〝我が都市こそ日本標準時子午線都市である〟と宣言している。いずれの九市にも日本標準時子午線が通過しているので間違いではない。しかし、教科書では、日本標準時子午線は東経一三五度で明石市を通過している、と記載されている。いずれの都市にも必ず子午線の石柱が見られる。一七五号線の国道上に子午線標識を立てることは難しく、国道から少し離れた細道や畦道を歩くと、野辺の地蔵尊と並んで、歴史を感じさせる石標がどの九市でも見つかる。中には石の角がでこぼこに削られ、苔を生やしているものもあり、日本標準時子午線の刻銘がやっと分かるほどの歴史的な標識石が見つかる。「おらが村」を日本の標準時であると自慢に生活したことが偲ばれる。

最も早く石柱が建立されたのは一九一〇年の明石市相生町であり、一九六〇年に明石市立天文科学館が日本標準時子午線上に建設されている。〝子午線のまち〟として定着している。一方、西脇市では、東経一三五度と北緯三十五度の経線と緯線が交わり、数値が良いこともあって〝日本のへそ〟として一九二三年に石柱が建てられている。その後、日本のへそ公園としてその周辺が整備されている。最北端は京都府京丹後市峰山町にあり、日本三景・天橋立の近くに位置する。それぞれの都市においてモニュメントや記念館が造られ、人々を鼓舞し元気づけている。私にとっては苦難の子午線道路であったが、一七五号線をドライブする時に、いつも青年医師時代の想い出が蘇る。

③小児の骨折と窒息の危険

市立N病院では私にとって、初めての整形外科医長トップであり、毎日が緊張の連続であった。

ある時、肘のすぐ上を骨折した小学五年生の男子が午後一時過ぎに受診しにきた（診断名は上腕骨顆上骨折という）。麻酔して整復（折れた骨を戻す）しなければならない。麻酔で眠らすと食べ物が胃から吐き出されて窒息するので、食事から三時間以上経っていないと麻酔をかけるのは危険である。私は母親に昼食時刻を聞くと、昼ご飯は食べてないから空腹だと言う。それを信じて麻酔を始めた。

ところが麻酔薬が効き眠り始めると、口から大量の食物が噴きだし、気道を塞いで子供の顔が真っ青になって窒息した。機器を使う間もないので、咄嗟に、私は自分の口を子供の口にキスするように当てて、吐き出した食べ物の残渣（カス）を吸い取り、そして口から空気を吹き込み、酸素を肺に送り込んだ。これを繰り返し続けた。

子供の吐き出した残渣が喉を酸っぱく通過していくのを感じた。やがて子供の顔色は次第に赤色を帯びて呼吸を取り戻した。間一髪の生死の瞬間であった。

しばらく落ち着いてから、折れた骨を正しく整復してギプスで固定して治した。私にとって貴重な体験であった。待合室で治療を待っていた母親に対して看護師長が叱っていた。

一九七三年（昭和四十八年）に、私はR大学医学部整形外科へ助手（現：助教）として採用され、N病院を辞職して医学部附属病院へ転勤することとなった。

第11章　大学医学部

1　医学部教官と附属病院医師

①大学のポジション

総合病院の市立N病院を辞して、私はR大学医学部教官ならびに附属病院整形外科医師として赴任した。職責は助手（現在は助教と改称）である。医師免許証を取得し研修医として附属病院で働いていた頃は無給医師であったが、今回は国家公務員助手として有給である。

しかし、医学部教官であるので、教官助手として教員の給料であり、医師給料ではない。附属病院医師でありながら医師手当は給付されないので、N病院医長として受け取っていた給料と比較するとかなり少ない。そのうえ、医学部学生の教育、附属病院医師の医療、医学部整形外科教室としての医学研究、この三本柱を務めなければならない。そしてその成果を国内のみならず国際的に発表しなければならない。それでも大学医学部教官ならびに附属病院医師のポジションを得ることは少数の医師にのみ与えられる勲章でもあった。給料の額や超過勤務時間などは問題ではなく、己の職務を果たすためには、昼夜の別なく働くのが当たり前であり誇りでもあった。

昼間には、外来患者の診察と治療、学生の教育と講義、午後には手術か検査、手術のない時には入院患者の治療、それ以後は研究室で研究活動、当然ながら終電で帰宅することもしばしばである。

土休日には自宅あるいは研究室で、医学発表のためのスライドや講演文の作成、発表のない時には英文論文の作成などに時間を費やす。その間に、入院患者の急変で病院へ駆けつけることも少なくない。これらのことができなければ、大学医学部教官としての資格はなく、その地位は追われて、一般病院へ派遣される。

私の大学でのポジションは有給職員の中では最も低い職級で助手である。その上には講師、その上には助教授（現、准教授）、そして主任教授である。助手より下のクラスといえば、無給医師、研修医、大学院生ぐらいである。厳としたピラミッド型の縦社会であり、努力次第で順次高い山に登っていくが、主任教授は雲の上の人である。

このような医師集団を医局と呼ぶが、その医師集団を実際にまとめているのが医局長であり、会社でいう総務課長か庶務課長か、人事も動かせるので人事課長でもある。しかし、最終決定は主任教授の同意を得なければならないので、教授補佐かもしれない。とにかく人事異動にしても、種々の行事内容にしても、その原案は医局長が作り実行するので、その権限は絶大であり、助手以下の若い医師にとっては脅威の的である。医局長に逆らうと、辺地の病院へ医師派遣として赴任しなければならないこともある。

このように絶大な権限を持つ医局長はどのように選ばれるのか。各診療科で異なるが、一般的には、助教授以下の全医局員の選挙で決められる。立候補制を採用しているところはほとんどない。だいたい講師や上級の助手の人が選挙で選ばれる。任期も一年から二年、時には三年間の場合が多い。再選される場合もある。

しかし、医局長となれば、関連病院や開業医との連絡や交渉などをしなければならない。人事に関しては就職先病院の内容調査、勤務環境の良否、患者からの要望や苦情の処理などあまりにも雑用が多すぎる。医局長といえども、医師であり医局員であり研究者であるので、患者の診療、学生教育、研究などの義務もあり業績を残さなければ、大学教官としての資格を維持できない。それゆえに、絶大な権限を持つとはいえども、立候補する人はなく、また、長期の任期を好まない。それこそ十分な睡眠時間を取れないばかりか、家庭での生活も犠牲になることが多い。

　私も当然ながら、医局長として務めあげた時期があった。最も心を痛めたのは、若い医師Q君の交通事故事件であった。彼は真面目な医師であり、慎重にも慎重な男であり、不注意な運転で事故を起こすことなど考えられなかった。ところが夜中十一時頃、附属病院で入院患者の治療や世話を済ませた後に自家用車で帰宅途中に事故が起こった。附属病院のすぐ前の交差点で三十歳ぐらいのH女性と接触し脚を骨折させたという。素早く病院へ搬送し治療したところ、二カ月後に骨折は治癒し、患者も生活に問題なく、特に慰謝料などの難しい要求もなかった。

　ところが、Q君は医師である自分が、相手に骨折の危害を与えてしまった、という観念から精神的に非常に落ち込み、病院へ勤務することすらできなくなってしまった。私は、彼が大学附属病院で勤務することは辛くて難しいであろうと考えて、P病院へ転勤させた。しかし、精神的に立ち直ることは容易ではなく、毎日の勤務ではなく不定期勤務をP病院長にお願いした。

　そのうえ、医局長の私がH女性の自宅を探し出し、Q君の苦しい胸の内を話し謝罪を伝えた。H女性はそのことを理解してくれ、むしろQ医師を訪れて同情するようになった。その後、彼女の頻回にわたる訪問により彼は精神的に回復し、元のように勤務できるようになった。彼はその半年後にその彼女と結婚した。これも医局長の仕事である。

②大学病院医師の家庭生活

大学附属病院へ勤務する医師たちは、医局長のみならず、一般病院の勤務に比べて超過労勤務にならざるを得ない。難病や急病の患者に対する長時間の検査や治療、それに続く患者説明などである。そのうえに、新薬開発の製薬会社とその治験に関する臨床研究、医学会への発表準備、論文を投稿するための資料の準備と整理と執筆活動、研究室での動物実験や研究資料の蒐集など、山積する仕事量である。そのために家庭を顧みる時間が少ない。家族に犠牲を強要してしまう。

私もそのような環境を克服しながら結婚生活を送ってきた。老父母と同居生活し妻が父母の面倒を看てくれた。夫が家庭に居る時間が少ないにもかかわらず、嫁姑の険悪な雰囲気は少なかった。夫がそれに気付かなかっただけかもしれない。一つの屋根の下で、妻と義父母だけで過ごすのは、雰囲気的に辛いことであろうと、私も理解できたが、大学病院の立場ではどうすることもできなかった。

そのうちに、二年ごとに三人の娘が誕生した。老母が子供の養育を手助けしてくれたこともあり、お互いを理解し問題なく過ごしてくれたらしい。そのおかげで、私が赤子を湯浴みし、また入浴後に赤子の世話をすることなどもしなかった。できなかったと言いたかった。その分、自分の仕事に没頭できたと思われた。

娘たちも生育し幼稚園児や小学生になった頃のことである。幼稚園の行事の一つに運動場で父親と遊戯しようという時間があったができなかったし、小学校の父親参観にも参加してやれなかった。すべて妻がその代行をしてくれたが、

「お父さんはいないのか、と言われた」

と娘たちが怒る。娘たちは、

「土休日にはお友達のお父さんが子供と一緒に遊園地に行き楽しく過ごしているよ」

と不平を言う。そのつど、

「お父さんは病院で忙しいから仕方ないのよ」

と妻が諭していたが、子供には理解できなかった。

私は家庭での貢献があまりにも少なく、家庭を楽しくすることへの配慮が少ないと考え、

ある土曜日に老父母を伴い家族全員で六甲山へのハイキングにドライブすることにした。しかし、自宅を出発しようとしたその時に電話が鳴った。

「受け持ちの患者さんが急に悪化して容態が悪い。当直者だけでは不十分であり、病院へ駆けつけてほしい」

と看護師が言う。ドライブは中止せざる得なくなった。数少ない機会を失った子供たちの落胆は表現できないほどのものがあり、妻や父母が懸命に説得していた。

「お友達のお父さんと比べてどこが違うの」

「お父さんは家族のことを考えてないのでしょう」

「仕事のために家族を犠牲にするなんて最低よ」

などとブツブツと話していたが、それ以後あまり父親に対して話し掛けてくれなくなった。

父親の職業が医師であるということは娘たちも自覚している。しかし、在宅中は普段着であり、自宅を出る時や帰宅の時では普通のサラリーマンの服装であるため、父親が病院で白衣を着て勤務している姿を見たことがない。ましてや父親が患者を診察している様子を目の前にしたこともない。会社に勤務する一人のサラリーマンであるような感覚で捉えている。夜中に急患のために病院へ駆けつける父親の行動を見ても、単なる仕事のために駆けつけているとしか捉えていない。

娘たちは次第に家族を犠牲にしなければならないような職業を忌み嫌うようになっていった。将来に何の職業に就きたいか、と学校の先生から聞かれても、三人ともに、医師と答えることはなかった。大学受験に際しても医学部を受けようという気持ちはなかった。

開業医の子弟はそうではなかった、とほとんどの開業医は言う。父親の仕事、医師になりたい、と息子や娘は答えると言う。彼らは父親のクリニックや診察室を訪れる機会が多く、父親が患者を診察している光景や、緊急の診察依頼や治療の様子など医師の仕事の内容を理解しているためであろう、と思われる。

三人娘の結婚に際しても、やはり医師という職業を理解してくれなかった。医師仲間から彼らの息子あるいは知り合いの青年医師との縁談を勧められたが、ことごとく拒否された。挙句の果てに、「娘の自由を奪おうとしているのか」と反論された。そしていずれも己の好む男性と恋愛し、サラリーマンの妻を選んだ。

開業医のみならず一般病院の勤務医では、もっと生活に余裕があり、家庭での団欒もエンジョイできるものと思われる。緊急対応を除き時間的なスケジュールに沿った生活を計画できるであろう。しかし、大学医学部の医師は特別な立場にあり、通常の医師とは異なる生活や行動を要求されるのも止むを得ない。特にピラミッド型医師集団の山道を中腹から頂点を目指して登りつつある私には、超過勤務時間や家族の団欒などは考える余裕もなかった。

③大学の業績とは

大学では一般総合病院とは異なり、診療のみならず研究や教育など多方面の業績が求められる。大学医学部と附属病院が一体となって求められるのは、第一に、医学の先端医療として新しい疾患の発見とその原因の追究である。第二に、これまでの疾患に対する新しい治療法の開発、例えば、新薬の開発、新しい医療器の製作あるいは改良、そして新しい手術法の確立である。第三に、難治疾患の治療とその治癒の可能性に対する期待である。

その整形外科領域を担っているのが大学医学部整形外科学教室である。このトップの主任教授から若手の研修医までの医師集団である。それぞれに臨床と研究の領域に属し切磋琢磨して業績を競っている。この教室では大きく分けて、関節グループ、脊椎グループならびに一般疾患グループに組織されていた。私は一般疾患グループに属して、外傷特に治りにくい骨折、肩や肘の疾患、骨盤や尾骨痛、足の疾患、骨粗鬆症、神経疾患、奇形それに腫瘍など広範囲な疾患を担当した。

患者に対して的確な診断の下に、手術のみならずその他の方法で治療して、患者の信頼を得ることが第一である。さらに、一般病院やクリニックで治療できなかった重症や難病の患者に対しても、大学病院として治療を提供できるような技量を備えることが大切である。

一方、それまでの治療成績を評価し、新しい治療法を見出すとともに、その成果を日本の医学会はもちろんのこと、海外の国際医学会で発表することも大学の義務である。その上、最も評価されるのが医学論文である。その中でも国際的に有名な医学雑誌に論文を投稿し掲載されることが重要である。さらに、臨床成績のみならず基礎研究の成果を報告することも要求され、国際医学雑誌に掲載しなければならない。これらのことが大学医学部に勤める医師の責務である。

私は業績を積み重ねて、助手（現：助教）から講師、そして助教授（現：准教授）へとピラミッド型の階段を登って行った。助教授と言えば、主任教授に次ぐ位置にある。当然、多くの医師との競争を勝ち抜いて得られたポジションである。そのうえ、教授を支えるために庶務的な仕事も多くあり、非常に難しいポジションでもある。一般の会社における副社長か取締役に相当するので、その姿を見れば分かりやすい。しかも十年間の長きにわたり助教授を務めた。言い換えれば、次の主任教授の候補者である。

2　大学医学部教授

①医学部教授の役割と権威

大学医学部の主任教授は医学部学生の教育、医学の研究、それに診療における責任者であると同時に権威を持っている。特に良き医師を育て地域の病院へ派遣すると同時に、院長や部長や医長などを輩出して、関連病院を支援するのみならず、多くの立派な病院を関連病院として支配し影響力を及ぼすことも重要な役目である。そのためには、難しい治療を支援するとともに、開業医が病気で体力低下をきたした時には人的なサポートをする。さらに、辺地医師の解消にも責任を持ち、医師の派遣に努力しなければならない。このように、診療科医師のトップであるだけでなく、地域はもちろんのこと広く医療界に影響力を及ぼす。

一方、研究においても多くの研究者を育て、国際的な医学発表を指導するとともに、高度な論文の作成を支援し、日本国内のみならず海外にも当大学の研究業績を認知させることも重要な役割である。

教授の役割は広範囲に及ぶとともに、権威も大きくなり、やはり、医師にとって究極の目標となる。ましてや大学医学部の教官においては教授になれなかったらそれまでの努力が水の泡となる。端的に言えば、医学界で絶大な権力を有している。それだけに、教授選考においていろいろと注目されることとなる。『白い巨塔』（山崎豊子著）といわれる所以である。

②教授選考会

教授の選考は現教授が退職する日時の六カ月前に教授選考会が組織され開始する。第一次教授選考会の選考委員は教授集団の代表および助教授・講師・助手集団の中から代表を選ぶ。第二次教授選考会は教授のみで教授全員出席の下に教授会で行われる。

教授候補者を全国の大学や研究所などに広く公募される。第一次教授選考会では、応募された資料を下に、論文内容や手術件数などの業績を審査する。論文の審査では英文論文が優先される傾向にある。中でもインパクトファクターが重要視される。インパクトファクターとは、その論文が他の研究者によって頻回に読まれ参考にされているか、というものである。論文が他の研究者から評価されていることを意味しており、各大学の教授選考会でも取り入れられている。このように選考され、多くの応募者を最終的に二、三名に絞り、第一次教授選考会は終了し、最終選考候補者として、第二次教授選考会へ引き継ぐ。

第二次教授選考会では教授会で教授全員の出席の下に選考する。最終選考候補者の業績を審査するほかに、候補者が全教授の面前でプレゼンテーションを行い、自分の業績や教授になったときの計画などを口述する。緊張そのものである。これらの資料と印象を基に次回の教授会で、全教授の投票によって新教授が誕生する。当該教室の助教授に十分な業績があれば、次期教授に決定することが多い。しかし、教授会の中に対立する勢力がある場合には業績論争よりも自陣の教授会勢力拡大のための権力闘争となることもある。

私は助教授であり次期教授に最も近い位置にある。当然のごとく教授候補者として立候補届と業績目録を医学部長へ提出した。それと同時に推薦書を必要とした。現教授が次期教授候補者として現助教授を推薦するのが通例である。なぜか、現教授は推薦書の提出を拒んだ。止む無く、共同研究していた米国整形外科の教授に依頼しこれを提出した。

現教授が現助教授を推薦しなかったことを見越して、同じ医局から講師や助手も立候補した。同じ医局の助教授、講師と助手の三名が応募したので仲間同士の骨肉の争いとなった。他大学からも数名の助教授が応募し、教授立候補者数八名の乱立状態となった。そのために第一次教授選考会の開催頻度が多くなり、議論が噴出し最終候補者の選考過程が平坦ではないことが予想された。

第一次教授選考会の委員メンバーは教授四名、助教授二名、講師二名、助手二名の合計八名で構成され委員長は教授である。教授選考会の開催が度重なるに従って、助手の立候補者や他大学からの立候補者の一部などが次々と選考から落とされた。そして四名の候補者が残り、第一次教授選考会の最終選考で、最終選考者候補をさらに二名ないし三名に絞る段階になってきた。この時期になって、第一次教授選考会の委員に対して、外部から精神的な圧力が掛かり始めた。

三月末に退職する予定の現教授が動き始めた。そして、彼は次期教授候補者の推薦書を現助教授ではなく現講師に対して提出した。同時に、第一次教授選考会の教授委員にはもちろんのこと、他の教授に対しても、現講師を推薦するべく、画策し始めた。それのみならず、医局出身者で構成している同門会の有力者に対しても現講師を支援するように依頼した。大学内のみならず学外においても、この教授選考会が異様な雰囲気になっていることを感じた。

それを受けて、同門会の有力者が現助教授室を訪れ、現助教授である私に対して、

「立候補を辞退してほしい、そして現講師に次期教授の席を譲ってほしい。これは同門会員全員の一致した考えである」

と説得した。さらに、奇異なことに、医学部構内にビラが撒かれた。「○○候補者は教授に適任ではない、現講師こそが次期教授に相応しい」と記されていた。その発行元は分からない。神聖な大学の最高府において前代未聞の羞恥事件である。

③第一次教授選考会による候補者の絞込

最終の第一次教授選考会が開かれた。四名の候補者のうち、一名を削除し三名の最終候補者を第二次教授選考会に上程する作業が行われた。まず、若手教授委員の一人より、

「現助教授を削除するべきである」

と発言された。他の一名の若手教授委員も賛同した。その理由は、私を教授に任命したとしても、教授の任期が十年間に過ぎない。それでは十分な研究や教育活動ができないと

言う。さらに、

「退任しつつある現教授が推薦しているのは、現助教授ではなく現講師である。このことから考えても現助教授を最終候補者から削除すべきである」

という。しかし、もう一人の熟年の教授委員はそれに反対し、

「十年間も助教授として仕え現教授を支えてきた。助教授の期間を加えれば二十年も教室を主宰することになる。十分な教授候補者の資格を有している。現教授が現助教授を推薦しないのはその理由が分からない」

と発言した。さらに、

「現教授は仕事のできない部下に対して即座に医局から追い出し配置転換させるような人物であり医局員から恐れられている。それにもかかわらず十年間も助教授として勤めさせている。もし現助教授が次期教授候補者として不適者ならば、教授選考会の前に現助教授を医局から放逐しているはずである。矛盾している」

と反発した。もう一人の熟年の教授委員は委員長でもあり、中立性を強調して賛否には触れなかった。

助教授・講師・助手集団の代表委員が強く発言した。

「現助教授については臨床的に患者の治療などをよく理解しており、特に問題になるような人物とは思われない。それに、業績においても整形外科学界の最高権威とされている国際医学雑誌に数多く掲載されており、研究面でもまったく劣ることはない。そして提出された業績でも全部英文論文である」

と発言した。さらに、

「現講師は悪い人物ではない。しかし、提出された業績論文のうち英文は少なく、インパクトファクターが非常に高く評価されているが、外国で作成されたものでしかも内科的な内容である。次期整形外科教授の候補者としては、現助教授を推薦したい」

と強く主張して譲らない。現講師を推すのは二人の若手教授委員だけである。

最終討論の結果、他大学からの二名の候補者のうち一名を削除して、現助教授、現講師そして他大学の候補者一名の合計三名を第二次教授選考会へ上程することとなった。

④第二次教授選考会（教授会）での最終選考

第二次教授選考会では教授全員の出席の下に教授会で次期教授が選出される。第二次教授選考会は二回にわたり開催される。第一回では教授候補者の経歴と業績、それに推薦書などの資料を配布し、第一次教授選考会で委員長を務めた教授がこれまでの選考過程の内容を報告し、上申されてきた三名の教授候補者について経歴と業績を説明する。第二回目の第二次教授選考会は一カ月後に開催され、各教授の意見や討論を行い、最終的に無記名投票により次期教授が選出される。

第一回の第二次教授選考会では、資料を配布し、第一次教授選考会の委員長が説明した後、教授委員を務めた三人の追加説明が求められる。他の教授たちは資料を配布された直後であり、資料も膨大なものなので業績内容をすぐに理解することはできない。そのために委員長を含めて四人の委員の説明に対して各教授が意見を交わすこととなる。

当該教室（同じ医局）から助教授と講師の二人が候補者として挙がっていることについて質問があった。これまでの教授選考に関する歴史を見ると、同じ医局から二人が選抜された時には、若い候補者が自ら辞退して助教授を擁立することが多かった。そのため、選考会の段階で検討されて同じ医局から二人が教授会に上申することはなかった。これに対して、選考委員長の熟年教授は中立的な立場を崩さず、第一次教授選考会での検討の結果で止む無く二人にならざるを得なかった、と説明するに過ぎなかった。

若手教授委員二人は現講師の英文論文のインパクトファクターが高い評価を受けている

こと、そして、現講師が次期教授になれば教授在任期間が長期にわたることで将来の研究成果が期待できることを強調して、現講師を擁護し、現助教授を排除すべきである、と演説した。

　残り一名の熟年教授は静かに、しかし、声高らかに現助教授を擁護した。助教授の業績については、提出論文がすべて英文であり、しかもすべてが筆頭著者であり、その業績は国際的にも遜色のないことを述べた。筆頭著書とは、論文を書いた人、すなわち、著者であることを意味しており、助教授が自ら書いた論文であると強調した。そのうえ、これまで十年間にわたり現教授を支えて教室を円滑に運営してきたことを説明した。そして、三名の教授候補者の中で、現助教授を次期教授に推薦したい、と明らかに表明した。現講師については年齢的に次期教授として若過ぎるし、今回の教授候補とするよりも、その次の教授候補として更なる進歩を期待したい、と発言するに止めた。

　候補者の誹謗ビラの配布については、医学部として恥ずべきことであると、医学部長が注意するに止めた。

　こうして第一回の第二次教授選考会は波乱の様子で終了した。そして、一カ月後に最終投票に向けて票の獲得競争が始まった。現助教授を擁立しようとするグループと現講師グループに大別され、それに中立派を加えた三つのグループに分かれた。特に現講師グループは票獲得のための運動が激しく、その意図が次第に明瞭となってきた。

教授会の勢力図は穏健派、改革急進派、それに中間派に分かれている。穏健派には熟練教授が多く属しており、教授歴も長く、その経歴と業績も優れており、大学内に留まらず、国内や国際的にも周知されている。その中には、世界一といわれる業績を持つ教授もいる。そのために当然のごとく教授会をリードしている。

それに対して、改革急進派と目される教授には若手教授が多く、新しい企画を推し進めたい。しかし、大学にとって危険な部分も多く、しばしば教授会で否決される。それを打破するために人海戦術が必要であり、新任教授特に若い教授を取り込もうとしている。

穏健派は静かに行動し、現助教授の業績やこれまでの医学部内の貢献や医局での経歴を中心に、一般に正当と思われる方法で賛同者を獲得していった。

中間派は就任以来六年ぐらい経過した教授が多く、年齢的に中間層に位置していた。急進的な考えはなく、じっくりと業績を主に検討していずれに投票するかを考えていた。また、英文論文の少ないことを指摘していた。

このように穏健派と改革急進派に分かれた教授たちが票の獲得のために一カ月間にわた

り凌ぎ合うこととなった。同門会では、退任しつつある現教授が、「現助教授は年齢的に分が悪い、現講師のほうが若手教授の支援を受けて有利である。しかし、問題は他大学から立候補した一人が選考に残っているので、その候補者に票が流れることも考えられる。同門会会員のうちで誰か教授と親しい人がいれば、現講師に投票するように頼んでくれ」

と同門会員に発破を掛けている。

そのために、真に受けた同門会員や医局員たちは私を敬遠するようになり、現講師に近づくような素振りを見せるようになった。私は医局内で追い詰められたような雰囲気を感じるようになった。しかし、現教授は退職しつつあるために病院に出勤しないので、教室（医局）のトップとして私が整形外科医師を統率しなければならない。非常に辛い思いの毎日である。現講師に対して憎悪さえ感じながら勤務している。

⑤新教授の誕生

最終投票がいよいよ始まった。教授選考の前に医学部として多くの決定事項が山積みしていたので、それらを済ませてから新教授の最終選考を行うことになった。そのために午後七時から開始された。各教授はどの候補者に投票するかすでに心に決めているので、特に質問や激しい討論はなく、二、三人の教授が各候補者の業績を確認する程度であった。

医学部長が、

「これ以上の討論もないようですから、投票用紙による無記名選挙を開始します。よろしいですか」

と発言し、いよいよ投票が開始された。

私は助教授室に一人閉じ籠り、いらいらしながら教授会の決定を今か今かと緊張の極みで部屋の中を熊のように歩き回っていた。もし、当選すれば医学部長が直々に面会してその旨を伝えると同時に、その後の注意事項やスケジュールを言い渡すから所在をはっきりさせるように、と担当事務職員から言われていた。落選すれば事務職員がそのことを伝えるに過ぎない、とも言われていた。

現講師は勝ち誇った気分で浮き浮きしながら、医学部近辺にあるクリニックの一室に、支援者でもあるクリニックの院長や現教授や数人の支援者とともに待機している。すでに三宮の繁華街で祝賀会のための料理店を予約しているとのことだった。

教授会では七時三十分から投票が始まり集計しつつあった。三人の候補者のうちいずれかが過半数を取ればそれで終了となるが、いずれの候補者も過半数に届かない場合は最下位の候補者を除外して残り二人で決選投票することとなる。そしてついに事務局から集計結果が報告された。過半数に達する候補者がなかったので、最下位の得票者である他大学からの候補者が除外されて決選投票となった。

意外なことに、白票を投じた教授が四人もみられた。あまりないことなので、四枚の白票にかなりの教授たちが驚いた。今回の教授選考があまりにも通常と異なる過程であったことに対して抗議の意思を示したのではないか、と数人の教授は分析していた。同じ医局員からの複数立候補であること、業績不十分な立候補者が最終選考に上ったこと、中傷ビラが撒かれたこと、などが推測された。

続けて、第二回投票が休憩を置かずに開始された。その投票結果で現助教授の圧倒的な得票となった。白票は見られなかった。二人の若手教授を除き、多くの教授は安堵した。午後八時半に教授会は終了し解散した。

医学部長が直ちに助教授室に待機していた私のもとに訪れた。私は医学部長の訪問に思わず崩れそうになり椅子に座り込んでしまった。医学部長から、

「新教授として選出されました、おめでとう、文部省（当時）から一カ月後に正式辞令が

下りる予定である」

と言い渡された。私は午後十時頃に家路に向かった。妻は黙って食事の支度を始めた。

私はコウイチ少年からコウイチ青年、コウイチ医師へ、そして、コウイチ教授へと歩み始めた。

第12章　教授として社会人として

1　教授の仕事

①教授就任

私は過酷な教授選考会を経て、Ｒ大学医学部整形外科教室の教授に就任した。まるで白い巨塔の一画であるような教授室の椅子を占めることとなった。その座を巡って激しい攻防があったこともあり、製薬会社の営業担当（ＭＲという）をはじめ医療関係者もいろいろな噂やデマに翻弄され、どのように対応したらよいか困惑して、教室（医局）を訪問することを躊躇していた。私が助教授から教授に昇任したことで、平常通りに薬品の宣伝や新薬開発をはじめ医療機器の共同研究などの活動を再開し始めた。

同門会は混乱し、医局員や同門会員も狼狽していたが、やがて平静を取り戻して診療に研究に励むようになった。関連病院の院長もこれまで通りに医療援助や人事交流を維持できることに安心して新教授である私と懇談できるようになった。いずれも最終決定の権限を持つ教授の承諾と捺印を必要とする世界であるだけに、どの分野においても安堵を隠せなかった。

人事異動に不安感を持っているのが医局員であり同門会員であった。武士制度の頃では負けた武将はもとよりのこと、それに組した武士も遠島や切腹を申し渡されたものである。この世の時代でそのような封建制は許されるものではないが、現在の一般会社においても、新社長の人事に伴って、敵味方の部下に地位や移動の差別が残っている。人間社会において競争後の後始末をなくすることはどうしてもできない。

特に現講師の処遇については、周囲の医師たちは大いに関心を示したし、私も大いに悩み続けた。すると私を強く支持していた医局員が彼を左遷することを進言してきた。しかし、私は現講師を医局に残留させた。この処遇に対して、「お人好しや馬鹿や勇気なしや」などの罵声を巷に流布された。その後もこの言葉が私の脳裡から離れることはなかった。

その後、彼（講師）はいつしか臨床ならびに研究に、国内はもとよりのこと、国際的な活躍と業績を果たしていくようになっていった。

それと同時に、教授選の波乱も落ち着き平静心を取り戻すようになると、前教授のことが気になった。推薦されなかったことに憎悪は消えないものの、助教授（准教授）として登用され、十年間の長い期間にわたり罷免することなく活動を許されたことで、このポジションに立てたことをつくづく感じるようになっていった。そのことも脳裡から離れることはなかった。

②教授回診

整形外科病棟には百名の患者が入院している。病気の種類もいろいろ異なっており、骨折や関節や脊椎や腫瘍や神経障害その他を患っている。程度にもよるが簡単な治療で治っていく患者もあれば、治療の難しい疾患、難病といわれる病気を持つ患者まで様々である。治療の経過が良くない患者も広く受け入れて治療するのも附属病院の務めである。また、治療の向上を図るとともに、医学生や研修医や大学院生に対して教育しなければならない。私のもとには諸問題が山積みされている。

教授は患者を受け持つことはなく、助教授以下、講師、助手、研修医や大学院生などが主治医や共同主治医となって複数の医師で患者を治療する。一人の主治医の偏見で治療が誤った方向に進まないようにするためである。そして、より良い治療を目指してできるだけカンファレンスを行い、多くの医師の意見を聞くようにしている。教授は入院患者の病気の状況（これを病態という）を知らなければならない。そのためには教授回診が絶対に必要である。

教授回診は毎週一回行う。助教授ほか医学部学生を含めて約三十名の医師が参加する。それに看護師長（婦長）と担当看護師も参加する。教授を筆頭に約三十名の白衣集団が病棟を闊歩する。前もって各主治医がカルテやレントゲン写真を準備して私の質問に備える。私は約二時間から三時間かけて各病室のベッドに横たわる患者を診察し、患者や担当医師と会話しながら廻っていく。これを称して「教授回診」といわれ、旧態依然と悪評する人々や評論家もいるが、附属病院のレベルアップにも大切なことであり、特に若手医師や研修医に対しても教育の上で必要なことと思われる。

また、回診時に主治医に対して重要な点を指摘すべきところも見られ、主治医に刺激と激励を与えることにもなる。他大学の教授では患者の前で主治医を叱咤することもあるという。だが、これでは患者と主治医の関係が悪くなり治療に支障をきたすこともあるので、私はこれを極力避けている。回診終了後に主治医を呼び、その共同主治医で指導的な立場にある上級医師（オーベンと呼ぶ）にも注意する。

医療はやはり経験が大きな宝であり、医学書のみの知識では実際の臨床現場と噛み合わないことがしばしばある。それに主治医が勘違いすることもある。優秀な指導者のあるところに良医あり、との信念を持っているので、厳しい指導者を嫌って、若手医師に自由に治療させる病院を選んで就職する若い医師もあるが、これは非常に危険である。彼らは、己の診断や治療がこれで良いと思い込んでおり、これを指摘するオーベンがいなければ、間違ったまま患者を治療することになる。教授回診は医師や看護師、それに患者に権威を示すものではない。

③診療、研究、教育

大学医学部附属病院の教授として診療は大切な分野である。一般病院で診断や治療の分からない患者に遭遇した時には、やはり大学病院へ紹介されることが多い。それに対処し患者を救わなければならない。そのためには、広範囲の知識と技量を備えなければならない。

しかし、専門分野が複雑にしかも高度に浸透していく時代において、一人の医師が広い分野でしかも高度の専門技術を取得することは難しい。そのために助教授、講師や助手などの指導的立場にある医師には、それぞれの専門分野を深く追究させ高度の技術を習得させて、大学附属病院のみならず、一般病院から紹介される患者に、安心した医療を提供できるよう発破を掛け続けた。大学病院ではすべての整形外科疾患に対して広く対処しなければならない、と私は常に信念を貫いていたが、私自身も新しい分野の知識を吸収するために、研究会や研修会に参加し積極的に発言し討論している。

医学研究は大学医学部に課された大きな領域である。大学院生や若手医師に医学研究の重要性を説き、世界に研究成果を発表して評価を得なければ、研究費や補助金を得られない。文部科学省をはじめ、その他の団体や組織から補助金や奨励金を獲得するのも教授の仕事である。

さらに、医学生の教育ももちろん教授の仕事である。医学生は将来は良き医師となりあるいは優れた医学研究者になるべき卵である。柔軟な頭脳を持つ若者は教育の方法によって大きく影響を受けるので、医学教科書の内容を教えるのみならず、医師としての倫理を教えるのも重要な要素である。もちろん整形外科という分野の魅力を紹介しながら講義するが、医学生が診療科を選択するときには、学生の教育、特に講義の時の印象が影響するといわれている。

私が教授に就任して三年目に、他大学卒業者を含めて三十二名の学生が整形外科希望と申し込んできた。大変嬉しかった。ところがその年に、阪神・淡路大震災があり神戸市の市街が破壊され大学も損害を受けた。他大学出身者の希望者は地震が怖くなり、神戸で再度の大きな地震が来るかもしれないという風評のために、かなりの希望者が辞退した。それでも二十五名が私の配下に入り新整形外科医として教室（医局）の一員となって研修を開始した。

一般社会と同様に組織の中に職員が増えると競争原理が働き活動性が高まり業績が上がる。医学界でも同様で、医師の増加により診療や研究にレベルアップが期待される。その後、彼らは多くの業績を残していった。

④国内ならびに国際医学会の開催

医療や医学の向上のためには、国内はもとよりのこと国際的な医学会において医学の研究成果や治療成績ならびに新しい医学的な発見や医療技術の開発などを発表し、他大学の医師や研究者とともに激しい討論に参加しなければならない。そのために、分科会を含めて多くの医学会が開催されるので、学会シーズンともなれば、私自身も毎週のような頻度で全国各地へ出張しなければならなかった。

それに加えて重要なことは、これらの研究発表や論文の成果により、次期の医学会を開催することができ、会長に就任することができる。医学会の学術集会の会長になることは名誉なことであり、その教授の主宰する教室の研究や論文業績が注目され、医学会のリーダー的な存在になる。それだけに、各大学の教授も会長に就任することを望んでいる。私も数々の地方会や全国規模の分科会を主催したが、最終的には日本整形外科学会学術総会の会長となることを究極の目的としている。そして、大学教授の定年退職の一年前に総会の会長就任を達成でき、盛大な総会を開催できたのである。

国内医学会のみならず国際学会においても活躍しなければならない。そのためには、海外渡航も一年に数回に及んだ。その国際的な医学会の会長を主催することは至難なことであったが、幸いに三回にわたり神戸市で開催し、多くの国際的に著名な研究者や医師が参加している。

2　社会への貢献

①新幹線内の急病患者

教授の仕事は診療、研究、教育の三本柱が基本である。しかし、医療に関する全国的な問題の解決、整形外科学界における医学的ならびに社会的な問題を検討し解決するためには、全国の代表者と会議を組織して参加しなければならない。そのために、毎月一ないし二回の頻度で東京へ出張しなければならない。

その際には新幹線超特急列車を利用する。時々、新幹線の車内放送で、「車内に急病のお客様がおられます。この車内にどなたかお医者様がおられたら○号車へぜひお越しいただきますようお願いいたします」と聞くことがある。私は三件にわたりこのような放送を経験し、それに対応したことがある。

最初の経験では東京での会議が延長され、夕刻の新幹線に乗車し神戸へ向かった時である。私は一回目の車内放送ですぐに駆けつけることはしなかった。なぜなら一般的に内科的な病気であろうと考えるからである。ケガや骨折や腰痛なら命にかかわることではないので、車掌の判断で乗客を安静にして、次の停車駅で降車させる。

しかし、誰も対応しなかったらしく、車内放送で車掌の声も声高になり、必死に訴えるようになってきた。私は「なんだ、十六両編成の大勢の乗客の中に誰も自分以外の医者はいないのか、それとも、責任を負わされるのが嫌なのか。若い医師もいないのか、弱虫め」などと、心の中でブツブツと言いながら、該当の○号車を目掛けて足早に赴く。

到着すると車掌が「地獄に仏のような顔で」安堵したような仕草で話し掛けてきた。乗客は四十歳ぐらいの女性であった。グリーン車席の背もたれを後方にいっぱいに倒して休んでおり、白いハンカチを鼻から口元にかけて覆っている。かなり弱っており顔を紅潮させてぐったりとして起きようとする元気もない。前額から顔や首筋にかけて汗びっしょりであり、被せた白いハンカチで拭うようにしている。話し掛けても首の横振りと縦の肯きで返事するだけで、会話するのも辛いようである。車掌から見れば重病人と思うのも当然である。

車掌が、

「高い熱があるようです。寒気があり身震いしています。車掌室に備え付けの体温計で計り三十九度です。ここには解熱剤、下痢止め、鎮痛剤ぐらいしか備えておりません。これもお医者様の指示で提供するように言われております。いかがいたしましょうか」

と言う。さらに、

「もし、直ちに病院での救急処置が必要とご判断下されば、最寄りの停車駅で緊急停車し、救急車を手配させます」

と説明する。私は、

「まずお客様を診ましょう」

と言い、病人の横席に座って、衣服を脱がすわけにはいかないので、そのままの服装でさらによく観察し話し掛けた。すると女性は、

「時々、横腹が刺し込むように痛み、吐きそうになり、また、おしっこが出そうな感じがします」

と言う。私は内科医ではないが、常識的に急性腎盂腎炎《じんうじんえん》か腎結石か膀胱炎かと、泌尿器科系の病気ではないかと疑った。脈はしっかりしていて不整脈もない。私は車掌に尋ねた。

「この列車が時刻通りに行けば、次に停車するのはどこの駅ですか」

するとと車掌は、

「次は名古屋駅です。東京を出発したのが二十分前ですから、あと二時間ぐらいしないと着きません。先程申したように、必要ならば本部の運転指令室へ緊急停車と救急車の緊急手配を依頼します」

と答えた。私はさらに、

「このお客様は、どちらの駅まで行かれるのでしょうか」

と聞くと、

「新大阪駅までの切符をお持ちです」

と答えた。

「新大阪駅には何時頃の到着予定ですか」

私がまた尋ねると、

「午後十時三十二分着です」

と車掌が言った。私は考え込んだ、『ここで緊急停車すれば、新大阪駅には午後十一時を過ぎるかもしれない、新大阪駅で連絡できるはずの交通機関に遅れがでて、乗継ぎができないかもしれない、多くのお客に迷惑が掛かるかもしれない』と悩んだ。そして決断した。

「名古屋駅までは大丈夫です。このまま通常どおりに走らせてください、私が病人の隣席に座って監視しましょう。もし、悪化の兆しがあれば車掌さんに知らせますので、その時には最寄駅に緊急停車の手配をお願いします。熱を下げるために氷は車内にありますか」

と私がそう伝えると、

「分かりました。氷は車内販売員に頼み、缶ビール冷却用の氷を使うことにします。私も隣の車掌室にできるだけ待機します」

と返事した。その後、無事に名古屋駅に到着した。ホームに待機していた救急隊に素早く病人を担架に移し、救急隊員にこれまでの様子を簡単に説明した。新幹線は駅員の素早い対応で二分間の遅延のみで発車した。車掌が安堵の表情で礼を言ってくれた。私の名刺が欲しいというので渡した。

後日、ＪＲ東海の新幹線車掌所本部から手紙が届いた。Ａ４用紙にワープロで書かれた既定の文章で感謝の意があり、同時に三千円分のオレンジカードが同封されていた。オレンジカードはＪＲ乗車券を購入するためのプリペイドカードである。現在は使われていない。

二件目もやはり東京から神戸への東海道新幹線のことであった。

「通路に横たわり声を掛けても返答がありません」

と車掌が言う。患者と思われる方は肥満体型で七十歳前後のおじさんであった。顔の皮膚を思い切りつねったが意識が無い。脈はしっかりしているものの不整脈である。脳出血か脳梗塞か脳の病であろうと予測した。

「もう三十分で京都駅に着きます。最寄には岐阜羽島駅や米原駅がありますが、緊急停車の手配をしましょうか」

と車掌が聞く。夜でもあり、またこの方の場合、専門的な治療のできる大きな都市がよいであろうし、三十分ぐらいでは時間的に治療を失することもない、と私は判断して次のように車掌に言った。

「このまま安静にするのがよいが、通路に大の字で横たわると迷惑だし、そっと移動しましょう。緊急停車の必要はありません」

他の乗客の手伝いを得て、開かない側の乗降口に毛布で抱えて静かに移動させた。京都駅で救急隊が乗り込んだ。

後日にやはり車掌所本部より手紙とカードが届いた。A４コピー用紙の同じ文面で場所と年月日を書き込むための空欄があり、ボールペンで自筆されていた。感謝状とは言い難いが、気を付けてくれていることに気持ちが和んだ。

三件目も同じく新幹線で東京発岡山行でのことであった。患者は二十歳に満たない女の子であった。切符の車内検札時に声掛けしても揺り起こしても眠ったままである、と車掌が言う。服装が特異であり髪の毛も特徴がある。何かクスリを飲んだような眠りであるように思われた。緊急停車の必要はないようである。

「そのままこの席で眠らせてください、時々診るから」

と私は車掌に伝えた。次の停車駅が新大阪駅の近くになったので、私はその席へ診に行った。女の子は寝ていなかったが、ぼんやりとした顔つきでふらふらとしていた。声を掛けたが、「このおっさんは何や変やなあ、私をどうする気か」と言わんばかりの顔つきをしていた。やがて女の子は新大阪駅で車掌に連れられて降り、車掌から駅職員に引き継がれた。その後のことは分からない。

以上のことを含めて、医師仲間と雑談する際に、新幹線内での病人の発生について話したことがあった。眼科や耳鼻科医師たちはアナウンスがあることは知っているが、「聞き流すだけだ」と言う。内科医は、

「聴診器もないし、血圧計もないし、治療ができない。診察の不十分な仕方によって、後

日に責任を問われるかもしれないから、車掌の声に積極的に反応しようとは思わない」と言う。逆に、私に向かって「勇気あるなあ、」とむしろ軽蔑するような態度で言われた。車掌は車内で治療することを望んでいるわけではない。緊急停車の必要があるか、病院への必要性があるか、についてアドバイスを求めているだけである。病院やクリニックの治療のみならず、このような社会的な貢献も医師として課せられた義務でもある、と私は考えている。

②医療裁判

医療において患者の治療経過が思わしくないことがある。患者本人あるいは家族が裁判所に訴訟をおこすことも多い。これまでは弁護士が医療裁判を引受けることを敬遠する傾向にあった。その理由は、医学用語を理解しにくいし、多くの時間を要するからという。しかし、近年では、医療に対する一般人の権利主張の意識も高くなり、治療の効果が低下した場合に、その医師に対して厳しい態度で接するようになった。その結果、医療訴訟となる事例が多くなっており、医療裁判を得意とする弁護士もいるようである。

医療には不安定な要素があり、一般的にこれで良いとされる診断名や治療方法を行っても、必ずしもそのまま良い結果を生まないこともある。中には患者に不利な結果を招き医療紛争を生じることもある。医療紛争では訴えた患者側の原告弁護人と医師または病院側を弁護する被告弁護人との間で裁判が進行する。

しかし、双方の弁護士や裁判官を含めて解決の糸口が無くなり裁判が進展しにくいこともある。その紛争の原因が、この治療で良いのか、病気の経過が悪いがこれは病気のためなのか、など難しいことが多い。その治療法が現代医療の治療水準からみて、障害を少し残しても止むを得ないものなのか、その妥協点が難しい点にある。

そこで裁判官が、大学病院や総合病院に勤務している医師に対して、専門的な助言を依頼することとなる。医師が中間的な立場で裁判に関与する。

医療裁判には二種類の解決方法がある。調停と裁判である。

そのうちの一つが調停であり最も簡単である。二人の調停委員が、訴えている患者側（申立人と称する）と病院関係者（相手方と呼ぶ）を別々に面談し妥協点を仲介する方法である。医療紛争の場合には二人の調停委員は医師と弁護士が担当することが多い。

まず申立人だけに面談し、その言い分を聴取する。次に相手方だけに面会し、申立人の言い分を伝えてその反応を伺う。申立人と相手方と顔を合わすことはない。それぞれが別室に待機している。時間内に妥協点を見つけるために、何度も交互に言い分を聞きながら繰り返す。これで解決（成立）することが多い。時間的にも事務的にも簡潔である。

しかし、妥協できなければ不成立といい、どちらか（主に申立人の場合が多い）が、裁判所へ訴訟する。私は積極的に調停委員を引き受けて医療紛争を解決することに努力した。なぜならば医師は治療するのみならず、その他の点において社会に貢献しなければならない、と研修医や医学生に常々教育してきたので自らも関与している。

その経験から、美容外科による顔の形成手術に対する不満が多かったように思う。

第二の方法が医療裁判である。調停が不成立となり裁判に持ち込むか、調停を経ないで直接に患者が裁判に持ち込むというものである。患者が治療に対して不満あるいは損害を被った場合に医師あるいは病院側を相手取って訴える。患者が原告となってその不満点、（これを訴状というが）を提出する。これに対して、被告の医師または病院側が反論し一年以上の長い期間にわたり裁判される。患者側の弁護士が原告代理人、被告側の弁護士が被告代理人となって、準備書面と名付けられた書類で双方の意見を交換しながら主張し反論していく。

裁判官が仲裁しながら進行し、ある程度まで双方の主張が固まった時点で、和解するか判決にもつれ込んで決着するかである。しかし、裁判中に双方代理人の意見が食い違うことが多い。裁判官や弁護士といえども、すべての事件に関する知識を理解できるものではない。特に医療に関することでは専門的な知識を間違いなく捉えることは無理である。そこで医師の関与が必要となる。その関与の方法には二種類の方法がある。医学専門委員か鑑定人かである。

医学専門委員とは、最高裁判所から任命された医師が参考人として裁判所へ出廷し、双方の代理人から質問を受けて医学的に説明する。双方代理人の意見の食い違いを少なくし、裁判の進行を円滑に促す役割を果たす。

鑑定人は、判決となった場合にこれまでの資料を精査して鑑定書を裁判所に提出する。裁判官が鑑定書を参考にして最終的な判決を言い渡すので裁判に少なからず影響を与える。そのために鑑定人となると、医療事件の全容ならびに裁判の経緯を把握しなければならないので、膨大な証拠書類や裁判記録を精読しなければならない。そして三十枚から四十枚の原稿用紙に鑑定内容を記載して鑑定書として提出する。そのために多大の時間を費やす。医療や研究や教育に忙殺されるうえに、裁判となるとやはり緊張するので、裁判の結論が出るまで精神的に疲労困憊となる。人間同士の争いごとに割って入りたくないのが人情である。多くの医師は裁判に関与したくないので、多忙を理由に調停委員や鑑定人を拒否する場合がほとんどである。

私はこの面においても積極的に関与した。医療裁判においては医学的に正しい方向で解決しなければならないし、代理人の言葉のやり取りだけで白黒を決着してはならない、という信念を持っている。歪められたままに裁判の判定が下されると、患者自身に対してはもちろんのこと、医師や病院にとっても将来的に大きく影響を与えるであろう、と考えるからである。そのために、教授である私自ら調停委員や医学専門委員や鑑定人を長年にわたり引受けている。鑑定人として鑑定書二十二件を提出している。

裁判であるからには、どちらかに有利になったり不利になったりするのは仕方のないことである。鑑定書の内容が不利と考える代理人から鑑定人に対して質問が投げられる。この質問と答弁は口頭弁論といい、法廷で開かれる（開廷するという）。その際に鑑定人も呼び出され証言台に立つ。鑑定人はこの時点で証人と呼ばれ宣誓書を述べる。

「宣誓　良心に従って真実を述べ、何事も隠さず、偽りを述べないことを誓います」

と宣誓し捺印のうえ弁論が始まる。これを証人尋問という。そして鑑定書の内容が不利な代理人から、鋭い質問や反論を浴びせられる。法廷での論争を職業としている弁護士と、治療に邁進している医師の間には、法廷上の論理に開きがあり、時には証人が代理人により誘導尋問に引き込まれる時もしばしばである。反対側の代理人が助っ人発言で反論し、しばし嫌悪になることもあるが、裁判官が仲裁に入って雰囲気が沈静する。テレビで観るお決まりの法廷風景である。

約一時間、証言台に立ったままで緊張の連続であり、最も嫌な時間帯である。そして医師にとって恐ろしい時間帯でもある。

鑑定人の証言ならびにそれに対する両代理人の反論が終わり、裁判官が閉廷を宣言して法廷は終了する（閉廷）。終了すると同時に裁判官たちは裁判官席のすぐ後方のドアを開けて立ち去る。

証言台の付近で立ち止まって帰り支度している私に対して傍聴席から大きな声が飛んできたことがあった。

「お前の鑑定のために不利になったぞ。どうしてくれるのか、畜生！」

と怒鳴る。大事件でもないので、傍聴人は患者家族や病院関係者数人が傍聴しているだけである。警備員もいない。その声を聞くや否や、私は危険を感じて法廷を飛び出し、急ぎ足で裁判所前に客待ちしているタクシーに乗りこんだ。そして、傍聴人の一人が襲ってくるかもしれないと思い、最寄り駅ではタクシーから降車せず、より離れた次の駅まで利用した。本当に怖かった。

法廷が終了すれば、鑑定人は自由にどうぞという感じで、鑑定人に対して何の保護もない。これまでの二十二件の鑑定書を提出したうち、二例の事件でこれに類似したような恐怖を感じており、証言台で立ち往生したこともあった。

最近では、裁判官に対する暴行事件もあり、裁判所玄関にガードマンを配置し、すべての人々に対して凶器などの持ち物検査を行っている。飛行場の搭乗検査とまったく同じことを実施しているのだ。

③阪神・淡路大震災

一九九五年一月十七日午前五時四十六分に淡路島の野島断層を震源とする大震災が発生した。地震断層は建設中の明石海峡大橋を経由し明石海峡を横断して兵庫県神戸市や西宮市を中心に甚大な被害をもたらした。すべての交通機関は損壊され、ライフラインも遮断された。犠牲者は六千五百人に達し未曾有の災害といわれ、国内はもちろん世界でも驚愕のニュースが流れた。

私は明石海峡に面した中小都市の明石市の東隅に住み木造住宅に家族とともに暮らしていた。平素はJR明石駅から神戸駅を利用して大学病院へ通勤している。その朝、畳の上の敷布団が背中を突き上げるような激しさで襲い、身体を上下に揺さぶるような振動を受けて目が覚めた。上下振動に次いで強烈な横揺れが起こり、大音響とともに、家全体が大きく揺れ、家屋の軋みや雨戸やガラス障子の破壊、調度品の倒壊などが混ざり合い、何が何やら分からないままに大きな音と振動が続いた。天井が暴れるように上下動を繰り返し、そのまま落下するかもしれないという恐怖感を通り越して、死ぬかもしれないと死の覚悟を決めた。

武士が切腹を覚悟して、死を前にした心境はこのようなことであったのであろうか、と思った。これまで味わった地震とはまったく異なっていた。畳床が容赦なく激しく動き、起き上がることも座ることもできない。布団を被り、地震が止んでくれることを祈るだけであった。

しばらくして、揺れはやっと鎮まり、家具は倒れ、床にはガラス片や調度品が散乱していて歩きにくい。スリッパも見つからず、裸足でやっと歩くと、身体が倒れるような感じがしてバランスが悪く立ちにくい。フロアが傾いている。天井を見るとその隅々に隙間があり、やはり柱も傾いている。太陽の光が天井から射し込んでくる。倒壊の寸前であったであろう、とゾッとする。

この大震災で多数の死亡者が出たが、その原因は木造家屋の倒壊による圧死が大部分であった。後日、私の家は修理不可能なために新築した。

地震の初日には固定電話が通じていた。その当時、携帯電話は普及していない。皆が公衆電話に殺到した。私のもとにも大学病院から電話があり、負傷者が病院へ殺到しているという。マイカーで出かけたが、四方八方通行止めの標識ばかりである。道路が落ち込んでいるとか、道路上に落下物が多いとか、電線が垂れかかっているとかで、危険なためである。止むを得ず、当直医師と病院近辺に居住している医師に救急室や病棟へ勤務することを依頼し指示した。

翌日にはなんとか通れる道路が見つかった。国道二号線などの通常の道路は通れないので六甲山麓を大きく迂回する道を選んだ。そのあたりには地震の影響で道路は損傷されているものの大きなダメージはなく、前日のうちになんとか車が通れるように整備した、との知らせがあった。私は朝六時頃にマイカーで出勤した。余震もあり妻はかなり不安顔で私を送り出した。

山中のトンネルを抜ける道路が多くあり、峡谷の橋上道路もある。そのうえに渋滞の連続である。トンネルの入り口付近の山肌が崩れているのが見える。「トンネルの中に入って渋滞し地震が来たらどうしよう」、と考えてしまう。道路から横道に抜けて自宅に帰ろうかと思うが、渋滞のど真ん中で両側には山が迫っており、どうしようもない。渋滞の流れに任せてノロノロ運転で目的地まで行くより方法がない。だが、トンネルの中で渋滞して車が進まない。恐怖感が出てくる。しかし、不思議に気持ちが次第に落ち着いてきた。トンネルの側壁を観察するとあまり壊れていないし、電燈も明々と点っている。所々で排水路が壊れたのか、水が道路上に流れているが大したことはない。余震もあるのだろうが、車の振動のためか身体に感じることはない。安心感が増してきて、病院まで行けるぞ、と確信できるようになる。ようやく私が附属病院へ到着したのは午前十一時半頃であった。五時間以上の運転である。

車の運転だけで疲労困憊となる。平常の通勤時間は、自宅と病院間を一時間である。それに閉口して翌日からは朝四時に出発することにした。この日は一時間半の運転で済んだ。帰路も渋滞を考えて病院の出発時刻を午後九時とした。午後十一時頃に帰宅できた。早出・遅帰りのやり繰りで渋滞時間を解消したが、睡眠時間の不足を感じるようになった。

数日経過して神戸市営地下鉄が一部開通すると広報された。市街地は地震のダメージが最も大きくて地下鉄出入口が破壊されていた。開通区間は、六甲山の北麓にある西神中央駅の始発から山中のトンネル群を抜けて市街地に入る寸前の板宿駅までである。そこで渋滞と睡眠不足を避けるためにマイカー通勤を止めて地下鉄を利用することにした。私の妻が運転して地下鉄最寄り駅まで同乗し、地下鉄に乗り換えて開通駅の終点、板宿駅まで利用した。トンネルが大地震に耐えうることを知って驚いた。トンネルの中で地震による山崩れでも起きたらどうしよう、と誰もが考えて敬遠する。しかし、真逆である。トンネルは地震に強いということを地震後の地下鉄を利用して確信した。

終点駅からは徒歩で附属病院まで約一時間三十分の道程である。道路際には倒壊したビルや家屋の瓦礫が山のように積まれているし、道路も凸凹でいたるところに亀裂があって気を付けながら歩行しなければならない。帰路では午後七時を過ぎるので、街路灯もビル灯りも何もない真っ暗闇である。倒壊による圧死した人々の無念を感じながら、懐中電灯で道路を照らしながら目的地へ急ぐ。渋滞のマイカーよりも気持ちが楽である。

しかし、数日すると脚が痛くなる。まず足底にマメができる。これを庇うような格好で歩くと、不自然な歩容のために靴擦れができる。次に膝の関節痛みが起こる。そこで附属病院に寄せられた支援品の自転車を利用した。

附属病院へは負傷者や病人が殺到した。そのうえに、地震の際に家屋が倒壊した近隣の人々が病院へ避難してきた。玄関や廊下など空いた場所には、命懸けで持ち出した持参の布団と毛布や手持ち品で混雑し、野戦病院のような様相を呈している。病室は満杯となり、予備ベッドや長机を廊下や会議室に持ち出して、負傷者や病人を看護するが、厳冬の季節であり支援品の毛布や衣類を人々は被ってなんとか耐えている。

救急ユニットでは救急車が次から次へと負傷者を運び込んでくる。なかには、近所の人々が戸板やドア扉の上に負傷者を乗せて運び込んでくる。てんやわんやの救急室である。どうしても重症者を優先して治療するが間もなく死亡する人々がみられ、横たわる負傷者が呻きながら治療を乞う姿もあり、医師や看護師の手が及ばない。

この阪神・淡路大震災の時から、救急外来部門における「トリアージ」という言葉が普及しはじめ、救急体制の在り方について医療関係者や一般の人々にも知られるようになった。トリアージとは負傷者を、(一)最優先治療、(二)非緊急治療、(三)軽処置、(四)不処置、に振り分けることである。助かる見込みのない患者や単純骨折など命に危険のない重傷者よりも多量の出血や気道の閉塞などで命に危険のある人を優先的に治療する。患者の手足に色分けした荷札タグをつけて重症度を見分けて治療する方法である。
災害三日目より各地方から多くの救援物資や支援金などが寄せられるようになった。テレビや新聞などが災害の悲惨な状況を全国に報道したことも一因である。当初より救援物資が送られたと思われるが、交通機関が遮断されたために現地に届くのが遅い。なかでも弁当などは消費期限が一日遅れているが、幸いに冬季でもあり腐る心配はなく、少し硬いご飯ではあるが、職員は感謝しながら賞味した。

オウム真理教によるサリン事件が災害発生日（一九九五年一月十七日）より六十三日後（三月二十日）に東京都の地下鉄で発生した。未曾有の大災害のうえに、世界に類のないテロリズム事件が起こった。テレビの報道は災害よりもサリン事件に多くの時間を費やすようになり、それとともに大災害をテレビで夢中に視聴していた人々もその感心がサリン事件に移った。災害に関するテレビ報道の減少とともに、大地震による被災地への支援物資や支援金が目に見えて減ってきた。テレビ報道がこれほどまでに大きな影響を及ぼすのか、むしろ驚きよりも恐怖さえ感じるようになった。

大災害発生より一週間も経過すると次第に混乱は収まりつつあり、住人や行政による後片付けが始まった。負傷者も少なくなってきたが、それと入れ替わるように、大震災による精神的なトラウマや避難所での生活が危惧されるようになった。特に高齢者は避難所に置き去りにされるようになり、心身ともに衰える傾向にあった。

私はリハビリテーション協会の理学療法士、作業療法士や言語療法士などに呼び掛けて、避難所を訪問し支援することにした。賛同する整形外科医師と療法士二人が一チームを組み、複数のチームを作って各避難所を巡回した。「阪神・淡路大震災巡回リハビリテーション」と名付けて、リハビリテーションによる身体能力の回復と精神的な支えを目的とした。同時に、大災害における避難所の実態も知るようになり、その成果を小冊子に収めた。

第13章　病に打ち克って

1　不整脈と脳梗塞

①元旦の山登りと不整脈

私の正月伝統行事は元旦に山登りをすることである。それほど高い山ではない。神戸市街の北側に横たわる六甲連山の一角である高取山である。長田神社の北側にあり、標高三二八メートルの小高い山である。しかし、登りでは約一時間を要し、汗もかき、登り始めでは呼吸困難がでるほどの急坂もある。

私は新年の朝、お雑煮を食べた後に登るので、お神酒気分もあり山登りには少しきつい感じでもある。しかし、これが新年行事であり、家族揃って頂上まで登るのが恒例であった。石段で舗装されているので、ハイヒールでも登れる。ただ普段はあまり山登りなどしないので、登り始めは呼吸が乱れるが、ほどなく身体が慣れてきて頂上まで辿り着く。下山後自宅に帰ると、親戚一同が夕暮れから集まり新年の集いとなる。若い甥や姪や兄弟姉妹たちが大勢集まり新年の団欒会となる。

ある年、私はいつもの正月のように元日の朝、お神酒とお雑煮を頂き、例によって高取山へ登り始めた。だが、標高三分の一を登ったあたりで、胸の動悸が高鳴るのを覚えて休憩した。動悸が非常に速くてそのうえ不規則で、どうもおかしい。しかし、少し休むと調子が戻ってきた。そのまま、休みながら頂上へ登りつめた。元日の真っ青な空を見上げると、普段の空と違って、格別に晴れ晴れした気分になる。歳を取っても何か将来が拓けそうな感じである。

下山し自宅へ帰って、例年と同様に皆と楽しい元日の夜を過ごした。少しお酒が例年よりも多かったかもしれない。その翌日、二日は大学のラグビー選手権をテレビ観戦して、三日は年賀状を整理して、いつものように静かな正月が過ぎていった。四日は附属病院へ出勤した。医学部の御用始めであり、学生食堂で新年交歓会があった。その後に医局で医局員とともに簡単な新年会に顔を出して教授室に戻って少し休んだ。教授室で依頼原稿を書いた後に帰宅したが、例年通りの平凡な新年であった。

②脳梗塞の発生

五日（水曜日）には、附属病院の診療体制が整い、外来や入院患者が通常通りに治療を受け始めた。午前の診療が終わり午後には教授室で書類の整理に追われていた。一段落ついたところで、私は応接の椅子に掛けて一服していた。午後二時頃椅子から立ち上がろうとした途端に、突然、右脚がぶらぶらで動かない。右手も動かない。隣室の秘書に声を掛けようとするが声が出ない。立とうとして引っくり返り、床に倒れたままである。頭も痛くないし、吐き気もなく、胸も悪くない。意識は清明である。しかし、手足が動かない。

「何が起こったのかな。老人ボケになったのかな。声も出ないし馬鹿になったのかな。しょうがないなあ」

と、呟く以外に何もできず、しばし床に佇んでいた。

一分か二分か数分か分からないが、右手足が動き出した。手指も細かく良く動く。何もしないのに。すっくと自力で立ち上がった。声も出るようだ。「今まで何が起こったのかな。瞬間的に脳が悪くなったのかな」と思うぐらいである。私は机に向かい、これまでの書類を読み始めた。十分に読み取れる。しかし、どうも文書の意味がはっきりと理解できない。ボヤーッとした感じである。そこへ、程なく医局長が教授室へ入ってきた。強がりをして、これまで倒れていたことは隠していた。それほど見事に回復していた。医局長と話を交わした。書類に教授の決裁が要るようである。

「先生、何か変ですね。受け答えがおかしいですね」

と医局長が私に言った。

「正月のお神酒で疲れているのかな。もう今日は疲れているから自宅へ早退するかな。済まんがタクシーを呼んでくれ」

と私が言うと、

「はい」

と医局長が言った。そこで、医局長は私の言動が不可思議と感じて私の妻に電話した。しかし、妻は外出中で電話が繋がらない。

そこへ講師が教授室へ入ってきた。今月の講義スケジュールについて教授の了解を求めるためだった。同じように、

「今日は疲れたから自宅へ帰るよ。医局長と相談して決めてくれ、明日また書類を見るから」

と言って私は講師を追い返した。

医局長は私の様子がどうも変だと感じて、教授室から出てきた講師と相談した。そして私を自宅へ帰すことは危険だと判断し、私に無断で救急部のドクターに連絡した。すると、救急部のドクターは、

「直ぐに教授を連れて来い」

と強い口調で返事した。私は納得できないまま、講師と医局長に連れられて、止む無く救急外来へ自力で歩いて向かった。救急外来に着くや否や車椅子に乗せられ、次いで、搬送車（ストレッチャー）に移乗させられ、そのまま中央放射線部へと案内された。直ちにCT続いてMRI検査を実施すると説明された。医学部教授ながら、己のこととなると素人と同じであり、どうぞよろしくという他なく、観念して指示に従った。

それからまもなく、ドームのような器械の中に横たわり、バックミュージックとともに大きな音が頭脳のてっぺんを突き刺すように響いてきた。脳のMRI検査らしいが初めての経験である。この音響に耐えるのはかなり苦しい。脳神経外科や循環器内科のドクターたちが大勢で会話している。放射線科医師が医局長や助教授（教授の急を知らされて外出先から戻ってきたらしい）に検査状況を説明し、その了解を得ながら撮影を続けた。脳血管に造影剤を使用し撮影することについて、私本人に口頭で了解を求められた。私は分か

らぬままに承諾した。頭がどうもすっきりしない。やはり脳が悪いのか。

ＭＲＩ検査が終わり、私は脳血管（左中脳底動脈）が血栓（血の塊）によって完全に閉塞しており脳梗塞である、と診断された。鼠径《そけい》部の大腿動脈に挿入したチューブを通してレントゲンで透視しながら血栓を取り除いていく、と説明された。脚を動かさないようにと注意されたが、治療時間も長くなり、身体を動かさないように頑張るのは辛かった。脳外科のドクターが苦労しながら一生懸命に治療していることを思いながら、じっと、我慢するしかしょうがない。

「血栓は完全に除去できました。脳血管（脳底動脈）の血流が開通したよ」

と伝えられた。私はそれを聞いた瞬間から眠りに陥った。

不整脈が悪化して心房細動になり脳梗塞を起こす。心房細動とは心臓のリズムが悪くなり（不整脈）、心臓の心房といわれる部分のリズムが猛烈に速くなり細かく拍動するので心房細動といわれる。そのために血管内に血の塊ができ、それが脳の血管内に詰まると脳梗塞となる。正月の山登りに感じた不整脈が脳梗塞の原因であることは明らかである。

③奇跡

教授室で右手足が麻痺して倒れ言葉も話せなかった。これは明らかに脳梗塞の症状であった。しかし、まもなく回復して、手足は動き言葉も話せるようになった。そのために、私には重病感はなく、何か大げさだなあ、と軽い感じを持っていた。検査や治療が終わり、やっと病室のベッドに落着いて、これまでの治療経過を医局長や助教授などから話を聞いた。

「脳底動脈の血流が完全に途絶した状態になっていた。そのために、右手や右脚が完全に麻痺し、発語もできなくなったのです。医学的にも高度な障害であり、あのままでは半身不随で話もできない植物人間となったに違いない。そして、まもなく生命も終わっていたであろう」

と言われた。

後日、私は脳神経外科や循環器内科の先生に尋ねた。

「完全な麻痺になっていたのに、一時的にしろ、治療もしないのに、なぜ自然に回復したのでしょうか」

するとと医師は、

「奇跡が起こったのですよ」

と言った。

「からかわないで、本当のことを教えてくださいよ」

私がそう言うと、

「脳底動脈が閉塞して直ぐに、細い血管網が血管のバイパスとして運良く働き、脳の循環が瞬間的に戻ったものと考えられます。幸運でした。しかし、細い動脈で循環しているだけだから、そのまま治療しなかったら、まもなくバイパスが閉塞して再び完全な麻痺になり生命の終焉となったでしょう。最初の閉塞から三時間以内に血栓を除去しないと動脈は再開通しません。教授の場合には直ぐに診断でき、直ぐに治療を始めたから何の後遺症もなく、完全な元の身体に復帰できたのです。めずらしいですね。脳梗塞に対しては早期に発見して早期に治療すれば回復する、との教科書通りで、こんなに素早く治療できた例は少ないです。奇跡ですよ」

と脳神経外科の医師は説明した。私も納得し驚喜した。

④多くの幸運

多くの奇跡というか、幸運というか、数え切れないほどの救いが私の上に降って湧いた。正月五日午後二時頃に教授室で発症したので、直ちに大学附属病院で最高の治療を受けることが出来た。四日の仕事始めの日ではなくその翌日であり、すでに治療体制やスタッフが整っている時でもあった。その上、専門医師による高度の技術で治療してもらった。さらに、多くの大学教授が在室し、的確な治療方針を指示していたことも幸いした。これほどの治療が今後もできるものではない。本当に幸運に恵まれたといえる。

教授室で、完全な脳梗塞のために右上下肢麻痺で転倒し言語障害まできたしながら、一時的に麻痺を回復したことを永久的な回復であると信じ込み、自宅へ帰ろうとしたのである。医局長と講師の機転により大災難を逃れたのである。もしそのままタクシーに乗っていたら、後部座席で息途絶えて無言の帰宅となっていたであろう。医局長と講師の二人が教授室を訪れたことが、なんといっても最大の幸運である。

脳梗塞のカテーテル治療の後、安静とリハビリテーションのために二週間の入院を経て帰宅した。ただ一時的にせよ、瞬間的にせよ、脳梗塞で脳の血流が途絶えたことには間違いなく、逆行性健忘に悩まされた。過去の記憶を思い出すことができない。通常、発症時点に近い出来事ほど思い出しにくく、健忘の期間は数か月から数年に及ぶこともあるという。

最も憂慮したのは、三カ月後に控えた日本整形外科学会学術総会の会長を全うできるか否かであった。

この学術総会は毎年春季に行われ、日本整形外科学会で最重要かつ最大の催しであり、大きな責務であるとともに教授として非常に名誉でもある。三年前に会長を指名されており、医局員や同門会員とともに企画や資金を準備してきた。会長を辞退するわけにはいかないし、中止することもできない。苛立ちが募る毎日であった。しかし、規則正しい生活と勤務を続けたおかげだろうか、幸いに、健忘症も発症してから一カ月後に治まった。そして、その春、栄光の舞台に立ち、会長講演の栄誉に浴した。幸運であった。

その後は、脳梗塞の再発もなく、後遺症もなく、教授としての責務を全うした。私は定年退職後にK労災病院の院長として赴任した。

2　人工股関節の手術

①通勤の道すがら

私はR大学医学部整形外科教授を退官して、すぐ翌日に、K労災病院院長として赴任した。通勤には、JR明石駅から新快速電車でJR三ノ宮駅へ、さらに各駅停車の電車に乗り継いでJR灘駅で降車し、灘駅からは徒歩でK労災病院へ到着する。赴任当初から、健康の維持を目的に、駅からの徒歩通勤を日課とした。

JR灘駅北口を出て、駅前の小さな商店街、パンダストリートを通り、阪急神戸線の高架下を抜け、北へ突き当たると、神戸王子動物園の入口である。その前を西に折れ、小さな森に包まれた王子神社の地震で傾いたままの石灯籠を過ぎ、兵庫県立美術館王子分館を左手に見て、分館前の原田通り交差点を北へ横断する。

動物園の西南角に「関西学院大学発祥之地」と銘記された記念石碑がある。これを眺めながら、動物園の西坂を登り始める。坂の多い神戸市街の中でも急な通勤通学路のひとつで、大勢の女学生たちに追い越されながら、呼吸と鼓動を速めてゆっくりと勤務地へと急ぐ。膝から上にかけて前面の大腿四頭筋が疲れだす。

神戸友の会会館のお知らせ板やH写真館自慢の大正製写真機の陳列を覗きながら、小学校あたりにくると、ちょうど坂の真ん中となる。「ああ、まだ半分か」と少しため息をついて天を仰ぐと、坂上のマリア像に「頑張りなさい」と、慈悲深く微笑みかけられる。さらに進むと高校校門前に来るが、勾配が急に強くなり脚の進みがさらに遅くなる。

高校の向かい側には、スポーツセンターと身体障害者体育館があり、その周辺に多数の桜木が植えられている。いつもは急坂に喘ぐ場所であり、「もう少し、もう少し」と汗を流すところであるが、四月には桜花爛漫の見事な光景となり、学園群が密集するこの地区に相応しい環境となる。桜を眺めると元気が出てきて、気持ちが軽くなる。

坂道を登りきると名門女子学院の門前にたどり着く。さすが名門の女子学園だけに、鉄扉の校門隅には小さな衛舎が配置され、その前でガードマンが笑顔を絶やすことなく、朝の挨拶とともに、次々と女学生を校内へと迎え入れている。感じのよいガードマンであり、自校の生徒だけではなく、その横を通過する他校の中・高校女子生徒へも声をかけ、なかなかの微笑ましい雰囲気と朝の爽やかさがみなぎる。そのうえ、「そのお歳で毎日登ってくるのは大変でしょう」と、私にも労をねぎらってくれる。

校門を過ぎると、緩やかな下り道となり、病院までは軽やかな足取りで「野崎通三丁目・K労災病院前バス停留所」に辿り着く。そのバス停から、わずか十メートルで病院の屋外エスカレーターに出会う。これを利用して病院南出入口へ、さらに、院内エスカレーターに乗り継いで病院ロビーへ、次いで職員専用エレベーターで院長室へ到着する。大学入試で全国に知られた灘高と同名の灘駅から老脚で約二十五分間の歩行距離である。若い人なら十五分ぐらいである。

この付近一帯は神戸でも急坂である。徒歩通勤を始めた頃、坂の中途にある小学校あたりで、脚と鼓動の辛さに、「明日は徒歩通勤をもう止めよう、バスかタクシーにしよう」と思う毎日であった。しかし、山頂を征服したというには少し誇大であるが、登りきった時の爽快感は登山家の気持ちにも似て清々しく、諦めずに毎日登坂を続けた。不思議なもので、歩き始めて二カ月を過ぎると、肉体や脚が慣れるのか、あるいは、脳が順応するのか、脚の辛さや鼓動の速まりをまったく感じなくなり、平坦な道を歩くような感じになってくる。

七、八月の真夏日、一、二月の厳冬期、そのいずれも休むことなく歩き続けた。夏は全身汗だくとなったが、女子学院のマリア像を過ぎると下り勾配となり、汗が身体を快く冷やすようになり、それほど苦痛にはならない。

冬場にはオーバーコートを着込み、やや重くて登りにくくなるが、坂を登りきると、全身がほかほかと温まり快調である。四月には前述のように、王子公園を中心とした桜の名所となり全国的に知られたお花見場所となる。やや遠回りに桜トンネルを通ったりして、徒歩通勤を自分なりに楽しい道に作り上げた。

②膝の痛みか、股関節の痛みか

林芙美子の名作『浮雲』の舞台となった世界遺産・屋久島に旅行した時のこと。昭和三十年、成瀬巳喜男監督、高峰秀子ならびに森雅之主演の名作映画『浮雲』を鑑賞して以来、その強烈なスクリーンが当時の私の脳裏に刻まれ、屋久島と聞くたびにぜひ行きたいと思っていた。林芙美子原作といえば、暗い人間模様が浮かび上がる。屋久島は一年間のうち三分の一が降雨日という多雨地帯で、鬱蒼とした杉林が天空まで届けとばかりに高くて暗く、終戦後の世相に、不倫というテーマが重なり、白黒の映像がさらにその効果を倍増して、多感な高校生であった私には強烈な印象を残した。

旅行当日、日航機で大阪から鹿児島空港へ、そこから小さなプロペラ機に乗り換えるが、来ると、豪雨と視界不良のために三十分間の旋回飛行の後に、引き返すことなく、なんとか屋久島空港へ着陸した。屋久島の六月末は梅雨も明け、絶好の観光時期であると案内書に書かれている。その時を狙って予約したものの、梅雨が長引き、当て外れの旅となった。

計画していた往復八時間の「縄文杉トレッキング」は河川の増水のために中止となった。諦めかけていると、昼頃より雨が上がり、屋久島観光センターから、所要三時間の「白谷雲水峡トレッキング」なら決行できると知らせが入った。急いで観光センターに集合し、八名一組でガイドに従って杉木立の細い山道を、雨上がりで急流となった小川沿いにトレッキングへと出発した。『もののけ姫』に出てくるような鬱蒼とした山中をマウンテンステッキとともにアップダウンを繰り返し、屋久島特有の巨大杉や杉の上に杉が育つ二代杉などを眺めながら、ようやく世界遺産・屋久島を肌で感じることができた。

夕刻に宿へ戻り、名物トビウオの刺身とともに南国の夕食を楽しんだ。食事も終わり椅子から立ち上がって、脚を一歩前へ踏み出そうとした時に、脚、特に、膝の上あたりに痛みを感じた。その時は山登りをしたたし、歳だから膝も加齢で少しは痛みもあるだろうなあ、と軽く思っていた。何事もなく大阪国際空港へ戻った。

旅行後、これまでどおりに、K労災病院へ登り坂の通勤を続けた。動作の初めに膝のだるさや痛さを感じるだけで、動物園西坂も今までどおりに歩き続け、診療や日常生活に支障なく過ごした。

翌年三月になり、桜の蕾が膨らみ始めた頃に、坂道の中途で膝の痛みのために休憩するようになった。膝の加齢による変形性膝関節症が進行してきたかなあと思い込み、スポーツ量販店で膝サポータを購入し膝関節を固定した。自分なりに膝の訓練（大腿四頭筋の増強訓練）を精勤に行った。サポータで膝はしっかりした感じになったが、痛みは全然よくならない。

四月中旬、夜中に用便のためにベッドより立ち上がろうとした時、右脚全体に猛烈な痛みが走り、壁伝いにやっとトイレに辿り着くほどであった。それ以後は、痛みのために、膝の関節も股の関節も真っ直ぐに伸ばすことができず、松葉杖がなければ歩けないようになった。それでも膝の変形性関節症と思い込み、妻の運転でK労災病院へ行き、レントゲン撮影で膝関節を撮った。しかし、膝関節には加齢変化もなく、何も悪いところはなかった。ところが、股関節を撮ると、関節の軟骨が加齢変化によって擦り減っている、変形性股関節症という病気であることが分かった。脚が痛いのは膝ではなく、股の関節が悪いのである。関節を人工的に取り替える人工股関節置換術以外に治療法がない。整形外科部長に手術を依頼した。

家庭医学書にも、股関節の病気は膝の痛みとして自覚するから注意することと記載されている。私は整形外科医であるにもかかわらず誤診していた。膝や股関節のレントゲン撮影もせず、他の整形外科医師にも相談せず、典型的な「紺屋の白袴」を地で行く愚か者である。

③人工股関節手術

その後、激しい痛みが続き歩けなくなった。松葉杖でなんとか立つような状態である。そのうえ、上向きに寝ても痛みが強く、膝の下に分厚い布団を差し入れて、膝を曲げなければ痛みを辛抱できない。その上、脚（下肢）の捻り具合によって飛び上がるように痛む。どうしようもない。「早く手術して痛みをとってほしい」、の一念である。

そして私はゴールデンウィーク直後に入院した。元大学教授で院長という名前が邪魔になる。若手医師や看護師たちは、

「院長の採血か、緊張するなあ、嫌やなあ」

と神妙な顔つきで、失敗しながら注射針を何度も刺してくれる。さらに、

「ＶＩＰ患者の手術には経過が悪いことが多いなあ」

とも嫌なことを言う。

「誰が執刀するのかなあ。経過が悪いと叱られるから、主治医は四人でやろう」

「手術する医師、執刀医の名前を院長には言わないことにしよう」

などけしからんことを言っている。私は、

「どなたでも構わないよ。早く手術して痛みを失くしてくれ」

と不機嫌に答えた。

手術の前夜、手術の恐怖感などまったくなく、これで痛みから解放されると思うと嬉しさのためか、薬もよく効き、熟睡して当日の朝を迎えた。手術前に腸の内容物をすべて空っぽにしなければならないから浣腸すると言われた。生れて初めて立ったままで浣腸をしてもらった。普通は上向きか、横向きで、浣腸するものと思っていた。兎も角、立位で浣腸を注入後、「便器に座ったまま約二分間できるだけ我慢しなさい」との指示を守り、やっとすっきりしてから、搬送車に乗って、廊下の天井を見ながら手術場へ向かった。

手術場で白衣の天使に歓迎を受けながら、手術用ストレッチャーから手術台に移ったと

ころで、深い眠りに陥った。

次に目が覚めたのは手術室ではなく病棟の病室である。その間に手術されたのであろう。何も覚えていない。麻酔医や看護師の話によると、手術中では質問にしっかりと受け答えしていたというから恐ろしい。何を喋ったのか、家庭内のことを曝露したわけでもなさそうである。しかし、誘導尋問に使用できそうな物騒な薬剤だなあ、と感じた。

病棟で覚醒した時に、人工股関節手術が無事に実施されたことを聞き安心して再び熟睡した。壊れた関節を取り除き、骨盤側にはカップのような形をした特殊なプラスチック製の受け皿を使って骨にしっかりとセメントで貼り付けて固定した。大腿骨の先端には丸い頭の恰好した金属棒を差し込んで、ボールアンドソケットのような金属の関節で置換した。人工の関節である。二十年ぐらいの耐用性がある。昔に『鉄仮面』という漫画があったが、コウイチ院長は鉄人になったと冷やかされた。

④入院か勤務か

K労災病院は高台に位置し、バス停に隣接して病院の南玄関にエスカレーターがある。エスカレーターから港の美しい風景が望まれる。病室から眺める風景はまさに百万ドルで、入院するだけで〝病癒える〟といわれている。澄みきった時には、関西国際空港が見える。大阪湾の東側に横たわる紀州の山々がその山裾を海に沈めるところが、戦時中に米軍機の飛行通路であった紀伊水道である。淡路島と対峙して紀淡海峡となり、その間に名勝友ヶ島が浮かんでいる。この島には大きな砲台跡があり、巨大な爆薬庫や大砲の発射台などがみられる。素晴らしい史跡である。もちろん、退院後に訪れた印象である。

入院期間も三週間となると、いらいらが募ってくる。

「院長職から離れ、精神的にも休養でき、読書三昧や窓からの素晴らしい景色で心身ともに充電すればよい」

と、労災病院機構の本部理事をはじめ、遠くから来訪してくれた他の労災病院院長、近隣の医師会長や病院長、それに大学教授や教室員や同門の先生など、多くの見舞いの方々から、皆一様にこのような慰めや励ましの言葉を頂戴した。

しかし、病棟の個室へ入院していると、安静の部屋ではなく院長室と同じである。多くの仕事が山積みにされる。院長といえども一般患者と同じで、入院の個室料を含め診療費は当然ながら一般と同じように支払っている。そのうえ、入院診断書を提出しているので、院長職としては休職して減俸され、書類の決裁はできないはずである。しかし、事務部からは病院関係書類を病棟へ運んで来るし、病院の経営的な状況は刻々と知らせてくる。医療費改正による三・六パーセント削減の抑制政策のために、いずれの病院も収入が低下している。事務部は書類に目を通すだけでよいというが、動けないだけに大いに気になってしまう。

それと同時に、新医師臨床研修制度が始まって大学医学部の医局による人事のコントロールがなくなり、医師の働き場所を自由に選択できるようになった。そのため勤務医が開業を志向するようになり、各病院はもとよりのこと、附属病院さえも勤務医の欠員が増えはじめた。当然のように、勤務医の減少に伴って全国どの病院も入院患者数が減少している。

病室に持ち込まれる資料から、当院にもこのことが現実となって現れ、入院して悠々と安静できるものではない。病院の外に出て医師獲得に乗り出すこともできない。できることは、病棟個室の電話でベッド上から頻繁に大学やその他の関係者に、毎日のように医師の補充を訴えることしかできない。土日曜日には、車椅子に乗って院長室へ移動し、朝から夕方までパソコンで手紙を書き、研修医や研修修了予定者に当院への勤務を呼びかけた。それが功を奏したのか、退院した頃には医師補充の目途がつき、活発な若き医師を獲得することができた。病室に安堵感が漲り雰囲気が変わった。

いかに景色が良く、美しい病室といえども、一週間も同じ風景を眺めていると、百万ドルの夜景も病人にとって慰めにはならない。景色に感動するのは、入院時とその後の二、三日だけである。ただ早く治りたいという願望に勝るものではない。

⑤リハビリテーションは一生大切

手術後に直ちに理学療法士による早期リハビリテーションを受けた。手術翌日よりフロアに立つ練習を始めるが、手術箇所が腫れて痛いので苦痛である。しかし、手助けを受けながら頑張ると一人で立つことができた。自分の脚で立てることに我ながら吃驚し、自信と勇気と歓喜を覚えた。早期リハビリテーションの意義を、身をもって感じた。二週間にわたり理学療法士によるリハビリテーションを受けた後に、片杖を利用して自宅へ戻り日常生活を再開した。

理学療法士によるリハビリテーションは終了し、患者本人がリハビリテーションすることが重要である。しかし、人工関節を十分に機能させ、末永く耐用させるためには、人工関節を動かす筋肉の共同作業が大切である。股関節は丸い球形をしており、ちょうどソケットにボールが嵌り込んだような形態を造っている。そのために三六〇度の動きをしているので、人工関節の周囲に付いているすべての筋肉を動かし、機能できるようにリハビリテーションを工夫しながら継続して実施しなければならない。

私はラジオ体操第一・第二（約七分間）に引き続き股関節の体操を行っている。ラジオやテレビの音楽やアナウンサーの号令に合わせて行うことはしていない。時刻を合わせることは無理であり、できたとしてもついていけない。一、二、一、二、のように数えながらやっている。股関節については、手術側の左股関節を三六〇度に訓練することを心掛けて、一年三六五日間、毎日如何なることが起ころうとも体操を実施している。起床後に歯磨きを済ませると、引き続いてリハビリテーションを行うことにしている。歯磨き動作とリハビリを習慣付けると一日も欠けることはない。

股関節リハビリテーションを実際には次のように行っている。一、仰向け（仰臥位）になり、左脚を前後方向に曲げたり伸ばしたりする（屈伸運動二分間）、二、横向き（側臥位）になり、膝を伸ばしたまま、脚を真上に上げたり（開いたり）下ろしたり（閉じたり）する（外転内転運動二分間）、次いで膝を曲げたまま後ろへ蹴ったりする（屈伸運動一分間）、三、仰向けになり、膝を直角に曲げたまま、足を水平方向に右・左へ動かして股関節を捻じる（回旋運動一分間）。

このようにリハビリテーションを継続することで、杖無しで普通の生活を続けることができた。

このように脚の痛みもなく、私は病院長の職務に没頭することができた。病院とは儲けるところではない。患者を治して健康的な日常生活に戻すのが仕事である、という言葉は遠い昔のことである。赤字に転落すると容赦なく倒産するか他の病院と合併させられる。治療成績が大切なことは当然ながら、経済的なことは無視できない。

私はこうして病院長として、医療的にも経済的にも良好な成果を残して約八年間の責務を無事に果たした。

病院長を定年退職後は、介護老人保健施設長として九年間を過ごすこととなる。

⑥人工関節が吉野山を往く

人工股関節置換術を受けて自分なりに股関節トレーニングを実行し、遠くへ歩いても痛みもなく、階段なども支障なく上がり降りもできるようになった。そのために旅行やハイキングもしたくなる。私が手術して六年経過したころに計画した。

世界遺産吉野山

ある秋の十月初旬に吉野山へ一泊旅行した。吉野と言えば、ソメイヨシノで知られた桜の名所である。ソメイヨシノというからには、吉野を起源とした桜かと思いきや、西暦一七〇〇年代に江戸の染井村から持ち込まれ、吉野蔵王大権現に供えたところ、瞬く間に吉野山に根付き植樹繁殖したものである。春の桜見物の頃には吉野山全体が桜のみならず人と車に溢れ社寺見物どころではないらしい。

むしろ、秋の紅葉も素晴らしく、桜の群葉が緑から黄色へ、黄紅色そして紅色に移りゆく。桜開花のグラデーションまでとはいえないが、下千本、中千本、上千本そして奥千本へと様々な色彩を描き出し、それに人出も多くない、といわれている。十一月頃が見頃らしいが、南北朝時代ほか歴史の山であるだけに公武の壮絶な覇権争いに興味を魅かれ、人出の少ないそして気候のよい時期を選んでこの季節に訪れた。

近鉄電車の吉野行特急電車は吉野駅に着き、そのまま真っ直ぐに五分ほど歩くと吉野ケーブル、実際はロープウェイだが、千本口駅に至る。昭和三年に麓の千本口駅から山上の吉野山駅までの全長三百四十九メートル、二十八人乗りの可愛い小さなゴンドラである。

旧式そのもので小さな横一列の木製座席は六人ぐらいしか座れないので、他の人は立ったままで身動きできないままギューギュー詰めで大きく揺れながら登っていく。窓からの美しい景色を眺めたいと思うが、他人の顔や頭や背中ばかりが見えて、乗せてもらえるのがやっとである。人と人が密に接しているので、揺れても脚で踏ん張る必要はなく人工関節に悪影響はない。乗客制限人数が少ないので、週末や桜どきには長蛇の列が予想されるが、学術的には立派なケーブルらしい。

「平成二十四年に機械遺産に認定されました」

とゴンドラのスピーカーから響く無人の遊覧説明に私は興味を持った。機械遺産とは、平成十九年に日本機械学会が文化的遺産として、最も古い機械、当時では画期的な機械、などを永く世に残そうとして制定された。これまでの代表的な認定機械としては、10A型ロータリーエンジン（五番目の認定）、東海道新幹線0系電動客車（十一番目）、旅客機YS11（十三番目）、オリンパスガストロカメラGT・I（十九番目）、札幌市時計台（三十二番目）、青函連絡船および稼働橋（四十四番目）、ウォシュレットG温水洗浄便座（五十五番目）などがあり、この吉野山ロープウェイ（五十二番目）は有名な機械と並び称されている。

吉野山は吉野熊野国立公園の一角にあり、吉野山全体が平成十六年（二〇〇四年）に世界遺産として登録されている。大峰山系の一つで、吉野千本口から大峰山・山上ヶ岳北端の麓までを吉野山といい、七世紀頃に役行者（姓名は役小角（エンノオヅノ）、通称エンノギョウジャ、山伏の元祖である）が開いた山岳修験道で尾根伝いに続く修験者の根拠地になっている。それから先が吉野・大峰・熊野三山と続く大峰奥駈道として今も修行が続けられている。修験者の上半身を鎖で巻きつけ谷底方向へ迫り出させる風景は山上ヶ岳での光景をテレビなどで描写したものである。

一般向け吉野山ハイキングとしては、ケーブル吉野山駅を起点とする下千本から奥千本口をめぐる回遊コースであり、修験道や南北朝時代に関する歴史的な寺社仏閣が多く見られる。人工関節術後六年余の体力試しや関節機能のチェックも兼ねてぜひこのコースを辿ってみたいと思っていた。

ケーブル山上駅から歩き出す。小型バスがやっと走行できるほどの細い道を曲がりながらかなりの急勾配を歩く。尾根伝いに作られた修験道であり、舗装はされているが道幅を拡げることは難しい。

道路沿いには、みやげ店や食事処などが軒を並べているが、これらは、尾根の道端から山肌が下へ急勾配して谷底へ落込むような地形に造られている。店の床を見ると、山の絶壁に太く長い丸太を打ちこみ、谷に迫り出すように造られた木床を丸太で支えて造られた店舗である。狭隘で急峻な吉野山の崖渕にしか家を造れない土地柄であり、先祖代々より考案され受継がれた工法である。

山岳に寺社を造らなければならなかった吉野山で、古代書院造りの源流として建築史上注目されている手法である、といわれている。その様式が店舗やホテルなどにも応用されている。対峙した山から眺めると、家屋や神社が急峻な山肌にへばりついているような光景である。

「葛うどん」と書いたのれんを吊るした休み処で昼食を取った。葛の花は紫色で美しく平安時代より歌に詠まれ、茎は蔓のように強靭で葛布や葛紐に使われている。葛根には澱粉として葛餅や葛菓子や葛切りや葛茶などいろいろの調理法があるが、吉野葛が名高いのは吉野の清流と山の冷気により吉野晒しといわれる製法で良質な葛粉ができるためだそうである（吉野山観光協会資料）。

南北朝時代

尾根の街道へ戻った。杖が欲しいが持参していないので、急な坂道をゆっくりと歩く。金峯山寺《キンプセンジ》の総門である黒門に出る。ケーブル吉野山駅から約五百メートルに過ぎないが、狭い道を乗用車や小型バスを避けながら歩くので随分長い道程に感じる。名の通りの黒い門であり、ここより吉野権現や吉野皇居などの敷地内に入るので、その昔、下馬し帯刀を解いて厳かに歩いて通らなければならなかった検問所でもある。黒門を過ぎてまもなく、吉野山で最初の寺社として弘願寺が見られる。ここまでが下千本でありここから登って中千本へと続く。

旅館街やみやげ店などの軒先が並ぶ。急峻な山の崖渕にしがみつくように建てられているが、玄関からはまったく分からない。ここからが中千本であり、吉野山の中心街である。郵便局や警察の駐在所や観光案内のビジターセンターなどがあり賑やかである。この周辺には多くの寺社が集中しているが、なかでも世界遺産として登録されている二つの有名な建造物がある。

一つは吉野山のシンボルとして、吉野山修験道の根本道場、金峯山寺蔵王堂である。俗称、吉野権現である。もう一つは、南北朝時代の南朝の皇居で、吉野皇居となっていた吉《ヨシ》水院《ミズイン》である。現在は吉水神社と名称が変更されている。尾根に広がる世界遺産の建造物からは遠方を遮るものはなく、青く澄み切った天空と緑一色の途切れ無き山並みが上下に分かち合いながら遠く連なり、俗世から隔てられた空間に立ち竦むように魅入られる。空と山以外には森林のなかに垣間見る五重塔や寺院の甍《いらか》が点在するだけである。

平清盛から始まった武士政治が長く続いていたが、鎌倉幕府の勢力が衰えつつある一三三〇年代に第九十六代後醍醐天皇が第二皇子大塔宮護良親王《もりよししんのう》らとともに討幕を計画した。このことが幕府に発覚され一三三二年に後醍醐天皇は隠岐島に流罪された。しかし、翌年一三三三年に島を脱出して伯耆国《ほうきのくに》で挙兵したが、鎌倉幕府は足利高氏を派兵して後醍醐天皇を討伐しようとした。同時に、金峯山寺蔵王堂を本拠として討幕を謀った大塔宮親王にも幕府軍が襲った。大塔宮の身代わりとなった村上義光親子の切腹の儀式に、大軍の幕府兵士が見とれていた隙に高野山へと逃げ延びた。

一方、後醍醐天皇の挙兵に対して鎮圧に向かったはずの足利高氏は幕府に謀反の反旗を掲げ、後醍醐天皇とともに鎌倉幕府を逆に滅ぼした。その結果、後醍醐天皇が幕府から政権を奪い親政を取り戻した。これが建武の中興（一三三三年）である。その功により足利高氏は天皇より「尊氏へ改名せよ」との誉れを浴したが、逆に尊氏は最高権威を望んで後醍醐天皇を失墜させようとした。

一三三六年、危機を察した後醍醐天皇は吉野山の吉水院へと難を逃れて吉野皇居を置き南朝とした。足利尊氏は京都に新たに光明天皇を正統位として据え、自らは征夷大将軍と称して室町幕府を興した。南北朝時代の始まりである（一三三六年）。その後、一三九二年に南北が統一されるまで吉水院は南朝四代五七年間の行宮となった。

金峯山寺は吉野山のほとんどの領域を寺領として占めており、なかでも仁王門と蔵王堂が国宝に指定されている。東大寺大仏殿に次ぐ木造大建築物である。七百年代に建立されたもので、内部には蔵王権現が三体合体されて本尊とし、奈良東大寺大仏に劣らぬ迫力で三権現が睨みつけている。

権現像はお堂の庇に隠れて外部からは見られないので、拝観料を払い蔵王堂内部に入ると、巨大な三体仏像が凄い形相で迫ってくる。釈迦如来、千手観音、弥勒菩薩の別はあるが、三体ともに姿形はほとんど同じである。拝殿桟敷の最前列は障子の格子で区分けされ、その中に参観者が入りそれぞれの仏に願を叶えるように正座し対面して祈る。

すべての三体の仏像の前に額づくには障子格子の区分けを三回変えて正座しなければならないが、観光客が混雑して待機しているので選択は許されず、一回だけ空いた区分けに入って願を唱えるしかない。己の願と御仏の加護が異なっていれば諦めるより他ない。人工関節の自分も正坐はできるのでこのような作法に従って参拝したが、立ち上がる時に身体の安定を崩し、畳の上に置かれた障子の衝立を倒してしまった。どの御仏に対面しどのような願を叶えて呉れる御仏であったか分からない。

この三体の大迫力に向かい合うと、時の将軍に反旗をひるがえし、一命を賭して立て籠るのに相応しいお堂である。大塔宮の気持ちを十分過ぎるまでに理解できるほどの偉大な世界遺産である。

蔵王堂の前庭に四隅を桜で囲まれた一角がある。大塔宮が蔵王堂の落城前夜に桜に看取られて最後の晩餐を家来とともに過ごした古跡である。身代わりに割腹で果てた村上義光の石碑が傍らにひっそりと守られていた。十四世紀の出来事に感傷しながら、吉野街道を少し登ると、もうひとつの世界遺産、吉水神社に辿り着く。

吉水神社は南朝四代の皇居であり、吉水院の名で崇拝されていたが、元が僧兵の修験道場でもあったので、明治時代の神仏分離政策に則り、天皇を奉る建造物とみなされ吉水神社と改称された。天皇の玉座がそのままに保存され、南朝に纏わる遺品や記念品などが数多く陳列されている。多くは重要文化財遺産であるにもかかわらずガラスの囲いもなく無雑作に置かれているので、光の反射に遮られることもなく、重文の本物そのものを直接目で見られる。触れることのできる至近距離であるが、さすがにどの見物客も触れようとしない。なかでも、絵巻物は通路に掛けられており、見物人の衣服に触れるような近さにある。日本人の心を信じた宮司の心憎い配慮か、と解釈した。その他、源義経と静御前の潜居の間や義経の鎧冑などが陳列されているが、これをそのまま信じるわけにはいかない。

なんといっても世界遺産として吉水神社が評価されているのは七世紀に建てられた建造物である。とりわけ書院は建築史で最古の書院造りとして有名であり、日本住宅の基本となっている。山の崖や傾斜面を利用するために、吉野杉を山肌斜面に深く垂直に掘下げて床上げし、そのうえに風通しの良い木造家屋を造る手法である。湿気を防ぎ千年の風雪に耐える日本建築の原点がここ吉野にある。

快晴でもあり、書院の幅広い長方形の窓から眺めると、空の青と木立の緑の上下二色が眼前に浮かび、対峙した山々には、吉野杉がグリーンの銀幕を横に長く引き伸ばしたように続く。その緑の銀幕を破るように桜の群葉が下千本から中千本へ、そして上千本へと黄や紅の色濃さを競い合い、杉と紅葉の異色のコントラストを描いている。十六世紀に天下をわがものにした豊太閤が徳川家康などの名だたる軍将を従えて、吉野山の吉水神社書院の庭に花見の宴を催し「一目千本」と称した風景に違いない。

中千本には、その他、静御前ゆかりの勝手神社があるが、これは平成十三年に不審火により焼失した。焼残りの屋根壁から粉土が時雨のように落下していた。再建予定の張り紙はなかった。

後醍醐天皇の墓所、如意輪寺にはすでに日も沈み翌日に参拝することにして、中千本の名宿、宝乃家に宿泊した。観光案内雑誌などには必ず掲載される有名な露天風呂があり、そこから豊太閤が感嘆した、「一目千本」の景観を推し量ることができた。「一目千本」とは下千本から中千本そして上千本へと、桜の開花が麓から山頂へ順に変化していく有様を一目で観ることのできる絶景に名付けられたものである。

吉野山温泉の温もりに約四キロを彷徨った人工関節のからだを癒し、翌日には奥千本へと歩く予定である。関節の痛みを感じることなく両脚の気持ちよい疲れのみが残った。

奥千本

中千本から奥千本へは急坂であり、一般には定期小型バスが宿の前に停車するので登りはバスで行き、帰りは徒歩がよい、と宿の女将に聞き、それに従った。バスは曲がりくねった狭い舗装道路を運転士の慣れたハンドルさばきに身体を委ねて左右に揺らしながら進む。バスの握り棒をしっかりと掴み谷底の景色を眺めていると、約二十分で奥千本口の終点に着いた。停留所から急坂を登って約三〇〇メートル奥の金峯神社に到達したが、この神社までが通常の一般ハイキングコースの最終地点である。本当のハイカーは中千本から徒歩で登るのであろうが、人工関節には無理なようでバスを利用した。

金峯神社は杉木立の一角に歴史を物語るように鎮座している。建立の時代や時期は定かでない。宮社の柱や庇には虫や蟻に巣食われた跡もあり、灰色で板木の色合いとは言い難い。とにかく古さを誇っており、神社の周辺には、一部の杉木を伐採した巨木の幹や根が残り、そこへ桜の苗木を植樹していた。五年十年先には奥千本口の桜として賑わうだろう。

神社の境内から坂道を下ったところに「義経隠れ塔」と書かれたお堂がある。杉林に隠れていかにも鬱蒼とし見つけ難い。金峯神社の横から昔ながらの遍路道が山の尾根へと続いている。落ち葉に被われ泥だらけの小径である。大峰奥駈道として大峰山の山上ヶ岳に通じる修験道である。その向うに西行庵があるが、途中の尾根では大峰山系を肌で感じさせる雄大な山道だからぜひ行くべきである、と女将に言われた。しばらく家人と思案していたが、関節の調子もよく、せっかく吉野に来たのだから、と決心して登り始めた。

リュックを背に足場の悪い山道をゆっくりと歩むが、どうしても視線は五、六歩先の落葉や地肌に集中し、円背の老人のような姿勢となり、周りの景色など見る余裕もない。急斜面には手摺りが所々につけられている。枯れ木の棒を拾って杖にすると三点支持となって歩きやすい。古ぼけた苔石の段々に枯れ木の小枝やシダや裏白の葉っぱが覆いかぶさり、それを踏むたびに滑りそうになる。後方の家人から、

「気をつけて、また、人工関節手術のお世話にならないように」

とお叱りが飛ぶ。金峯神社から奥へ往く人は少ない。周囲の静寂に大木の枝が絡み合って薄暗く、樹木の奥深くに人々を引き込もうとするような恐怖を感じる。

その一方、渓側や尾根伝いに出ると、一転して太陽の光を燦々と受け、透き通った紺碧の空に思わず気持ちが昂ぶる。急坂の上下と繁みの陰と光の陽を繰り返しながらやっとのことで西行庵に到達した。

西行庵は吉野山最南峰・青根ヶ峰の麓に木立とともに隠れてひっそりと佇んでいる。庵は後世に造り直したものであるが、奥千本のその奥地にあり、庵の前に置かれた展望処からは大峰山系の山並みを見渡し、千切れがちな薄い雲の帯を下になびかせて遥か紀州の山々に連なっていた。いかにも世間からは遠く離れ、高所の山地に在ることを実感させてくれ

る。

西行法師は十二世紀前半、平安時代の末期に、鳥羽天皇を警護する北面の武士であった。平清盛や源義朝と並び称されるほどの武門の出であったが、二十三歳の若さで突然妻子を捨てて出家し、二十五歳頃、吉野の奥深く小さな庵を結び三年間暮らしたという。西行法師は吉野山の桜と秋の紅葉を詩歌に多く残し七十三歳で没している。

西行庵から更に大峰山系の小径を奥へ進むと、大峰山の女人禁制を示す「女人結界」の石標識に至るはずである。大峰山系の有名な標識だけにぜひ行きたかったが、さすがに復路の足腰に不安を感じてここまでとし、引き返すこととした。

旧道を下って再び金峯神社の奥千本口停留所横に出てきた。金峯神社と女人結界までが奥千本である。この奥千本の尾根道は山中を回遊する大峰山修験道千日回峰の難行路であり、それを少しだけ体験できる泥土まじりの小径でもあった。

奥千本口からは下り道となり上千本となる。循環バス下り線の舗装道路を奥千本の山中で拾った木枝を杖としてゆっくりと歩いて降りていく。下りなので心肺機能に支障はないが、かなりの急勾配だけに膝への負担が大きい。膝が笑いだす。往きの循環バス上り線が新しくバス道として山を削って造られたので、周囲に神社や遺跡が全くないアスファルトであったのに比べて、この下り線は昔ながらの小径をそのまま舗装したものであり尾根伝いの吉野街道である。

　街道の両側には桜並木があり、向こうの山肌には杉木立の緑の中に桜葉の群落が見透かせ、そのうえ人の行交いも少なく実によい景観を呈する古道である。旧街道だから多くの石標や逸話の看板などが道端に記され、名残の井戸、社寺の跡、石像や展望台などを見遣りながら、急峻な下り道を歩いていく。やがて吉野水分神社《みくまりじんじゃ》に着く。

　奥千本口のバス停を出て西行庵を折り返して金峯神社を経てこの吉野水分神社まで約七キロの行程である。このあたりから民家が現れ出し、中には茅葺屋根も散見され、その軒先に干し柿が吊るされている。民宿もあり桜や紅葉頃には満室だそうである。森林の中に逞しく生活する吉野の人々に敬いの念を感じるのは年老いた障害者の所為だろうか。

　下るに従って下勾配の急峻な道となる。上り道とは異なり、下り道では、膝を真直ぐに伸ばして地面に着こうとするから、体重が両脚全体に懸かり筋が張ったように突っ張り、その負荷が直接に人工股関節に伝わる。それがそのまま脳中枢を刺激するので疲れが倍増する。健側の左股関節に比べて弾力性の違いがはっきりと感じられる。人工関節側にはやわらかさがない。荷重時の衝撃吸収材料としてポリエチレンを使い、ソケットに弾力性を保持させようとデザインされているが、人間の関節軟骨の衝撃吸収能と比べると明らかに劣っている。いずれ将来には、自分のソケットにゆるみが生じるであろうと少し心配した。そこで膝関節を曲げたままで着地して歩くことにした。膝のバネ運動で荷重が股関節以外へも散らばり関節への刺激が軽減されるだろうと考えたからである。しかし、不格好な歩き方ではある。

中千本に近づくにつれて、由緒ある寺社が街道に立ち並ぶ。名園の竹林院、修験道の道場で今も使われている桜本坊や喜蔵院などである。中千本の中心街、旅館や土産店を通り抜けて吉野駅に着いたのは夕暮れ前であった。

南北朝時代や源平合戦の悲喜こもごもの絵巻を色濃く残している吉野の郷には、大切に残していかなければならないという使命感を、訪れる人々に植え付けさせるのに十分な雰囲気がある。しかし、少子高齢化時代をまともに受けて人口減少に悩みつつある、と名宿の女将の言葉が気にかかる。足腰は棒のようになったが、人工股関節はよく動く。

第14章　家系と故郷

1　明石藩士の家系

①喘息は遺伝か

私は長年喘息に苦しみながら医師として勤務し研究し続けた。喘息は家系や遺伝と関係があるといわれる。私は家族や孫などにこのような苦しい思いをかけたくない、と憂慮するようになった。家系・血脈に喘息を有しているものは幸いにしていない。突発的な喘息ではなかったか、と遺伝説を信じていない。しかし、自ずと家系に興味を持つようにもなってきた。

最近は医学も進歩して、ＤＮＡで生前に子供の病気を判明できるという。しかし、その功罪はいかがなものか。必ずしもＤＮＡ因子の陽性判定が直ちに病気を発症するとはいえない。病気として出てこないことのほうが圧倒的であろう。僅かな証拠で人脈や血脈を混乱させてはいけない。特に裁判で、DNAの有無を第一義として死刑や無罪を判決することがあるが、これでよいものだろうか。

医学のDNAと同じように病気の有無を第一に考え、裁判でも状況証拠が大切ではないだろうか、と思うのである。

②明石藩士の家系

遺伝疾患はさておき、父親の口癖を思い出して、自分の血脈・家系に興味を抱くようになった。父親は生後五カ月で両親が病死し明石郡（現明石市）の里親に育てられ、小学校卒業と同時に大工の棟梁に奉公した。苦労してなんとか一人前の大工になったらしく、さらに独学で製図を覚え建築士の資格と免許を獲得している。

しかし、金儲けは得意でなく、住宅や屋敷の建築契約に際して収支を均衡よく作成して請負していながら、完成すれば残りの収入額が少なく儲けがない。良質材の購入に夢中になり、予算の大半を木材購入に支払うので、支出が超過し純利益はわずかであった。施主が「立派な建築の家を造ってくれた」という喜びを感じるのが生き甲斐のようであった。そのために一家は赤貧の生活であった。私が高校から大学卒業までは奨学金制度のお世話になった。その一方、誇りだけは高く、「我は明石藩士の末裔である」と、口癖のように語っていた。父は九十六歳の生涯を全うした。

私は明石藩士のことが気になって菩提寺である人丸山・月照寺に調査を依頼した。月照寺は明石の日本標準時子午線上にあり、柿本人麻呂や赤穂浪士の間瀬久《きゅう》太夫《だゆう》と深く関係した名刹である。寺の庭園には、吉良上野介の敵討ちのために赤穂から江戸へ出立の途中に立ち寄って手植したという〝八房の梅の木〟が植えられている。現代の木は四代目だそうだ。住職の本名も間瀬であり赤穂浪士と同名である。

住職の言では、家系は生前に父親の依頼ですでに調査済であるという。私は帰宅後、仏壇の貴重品箱の中に調査資料を見つけた。家系図は父親の長兄が保管していたが、台湾（当時日本国）へ移住し、そこで病死して音信不通となったので家系図は残っていない。しかし、寺の記録から、明石藩士の○○権左衛門・源利徳が初代で享保十三年没（一七二八年）と分かった。仕官していた殿様が明石藩へ移封され、それに随って明石藩へ移り住んだと書かれている。

記録には○○家歴代戸主が列記され、父親の両親が没した明治三十六年（一九〇三年）まで六代にわたり明記されている。「明石藩士とは父親のでたらめに過ぎない」と思っていたが、正真正銘の家系図であり、真面目な厳粛な言葉であったと確信し、今さらのごとく父親を懐かしむこととなった。

　数カ月後に、明石市にある文化博物館に立ち寄った。ちょうど〝明石藩の特別展〟が開催されていて、江戸時代当時の明石藩の地割や住居図がガラスケースの中に陳列されていた。明石藩の家老屋敷がいまだ実在しており、明石藩に関する資料が明石市によって蒐集され管理されていたものである。図面は茶色に変色して少し閲覧しにくいが、はっきりと○○の屋敷名が判読できた。驚愕した。これほどまでに○○家の人脈をはっきりと見せられると、なにか言いようのない不思議な感傷になり、茫然としてお城の隅櫓を眺めるだけであった。家系図の中に喘息の先人がいるかどうかは分かる由もない。

2　ふるさと

①日本標準時

　私の家は日本標準時の子午線・東経一三五度に位置していた。太陽が真南を通過する東経一三五度を子午線として制定しているので、正午になれば、私の家の真上か真南の上空に太陽が輝く。夏には真上に、冬には真南に見られる。ここの街の人たちは、時計を見なくても太陽の位置から、「さあ、昼ご飯にしようか」、と呼び合うのである。

私の街は「子午線のまち」として市民には知られているが、全国的にはあまり知られていない。六月十日が時の記念日であることも、市民でさえも知らない人が多い。最近は、全国的に知ってもらおうと、「子午線通過記念証」を市役所が発行して、道行く人や駅の改札口に配布し、「子午線のまち」を大々的に宣伝している。

時の記念日の由来は二千年近くにも遡る。明石市広報資料によると、はるか昔、西暦六七一年に天智天皇が漏刻（水時計）を設置し、漏水を利用して正確に時刻を知らせようとしたことに由来している。漏水の速さと落下する水面の高さが一定になるように工夫され、それと同時に、水面の高さと連動させる鐘鼓を作り、一定の間隔で鳴らして、人々に時刻を知らせるようになった、といわれている。それを運用し始めたのが、六月十日であったので、後世では時の記念日として制定することになった。実際には、一九二〇年（大正九年）に東京教育博物館（現国立科学博物館）で開催された「時展覧会」が契機となり六月十日を時の記念日と制定したのである。日本標準時が制定されたのは、一八八六（明治十九）年である。

明石市立天文科学館は一九六〇（昭和三十五）年六月十日に、日本標準時の子午線上に開館され、それ以後、市役所やボランティア団体を中心として、時の記念日を啓蒙している。天文科学館には、その開館当時にドイツ・カールツァイス社から輸入したプラネタリウムを備え、天体観測に関する知識を訪れる人々に広報して、星座と時刻の不思議などについて、天体や宇宙の興味ある講演を開催している。

ちなみに、現在活躍しているプラネタリウムは、日本で最も古く、一九九五年の阪神淡路大震災でも被害をまぬがれ、その歴史的価値をとどめていると説明されている。展望台の高塔は地上五十四メートルにあり、上からは明石海峡、淡路島、大阪湾や播磨灘などを一望に望むことができる。私は中学生の頃、天体観測などの不思議さの説明を受けたことを覚えている。しかし、そのときに、睡魔に襲われたときの羞恥心の方が鮮明である。

プラネタリウム投影室は天体のように丸いドームで造られ、その天井部分に星座が投影される。夜の星空を再現するので、天体全体が見えるように椅子も工夫されている。ちょうど航空機の上級座席のように、仰臥してポジショニングを取り、真っ暗な部屋で、しかも、説明員のリズミカルな名調子に、知らず知らずのうちに入眠してしまう。眠るのはやむを得ないとしても、イビキを発して隣席の人に胴体を突かれたことが屈辱のトラウマとしていつまでも頭に残像となっている。プラネタリウムでは、日本だけでなく世界の中心都市から見た春夏秋冬の星座が投影される。星座にまつわる恋愛や悲劇の物語も説明されるので、子供心にも、ギリシャやヨーロッパへの憧れと誘惑を感じてしまう。

②灯台の光

私の家からは淡路島がよく見えた。下町の古い木造の二階建てに住んでいた。二階の窓から南を眺めると、隣家の屋根瓦越しに、淡路島が一望できる。眼前に明石海峡の潮流を見やりながら、島のずっと上を見ると、島の頂上に白いコンクリートの松帆灯台がある。夜になると、灯台の光が帯のようにコンパクトに束ねられて、星屑を光で押し散らすように夜空を回転しながら遥か遠方まで照射していた。少年だった私は遊び疲れや勉強の嫌な時には、南の方角をぼんやりと眺めていた。昼間には島の緑を、夜間には灯台の灯りを友としていた。アレルギー性喘息に悩まされ、幾度となく生命の危機に遭遇していた私は、無限の領域に届けとばかりに発する灯台の澄み切った白色光に魅了され、将来は医師になろうかな、と呟くようになっていった。

淡路島は明石側から見ると、非常に小さな島のように見える。淡路島北端は明石海峡を挟んで明石市に面し、南端は鳴門海峡を挟んで四国の鳴門市に続いている。南北に長く位置しているが、東西の幅が狭い。そのうえ、淡路島の北端が細くなっているので、明石海峡を隔てて眺めると、小さな島に見える。

私は幼い頃から夏休みには、白砂青松の明石海岸で毎日のように海水浴に興じていた。アレルギー性喘息や皮膚炎を持病としていたので、海水の冷温と太陽の高温による急激な体温変化に耐えて、喘息発作や皮膚炎に対する耐久力を養おうとする母親の願いもあって、常に海へと駆り出されていた。太陽の強烈な光により皮膚は真っ黒になり、南洋の子供のように逞しく見えた。近所の同学年の男の子と海中を潜り合って、どちらが深く潜れるか、どちらが海底からきれいな石ころや貝殻を見つけるか、など競争して海水浴を楽しんだ。

③海水浴

海水浴をしていると、鍛えられて健康になるように感じた。海水に浴している間は夏の太陽を忘れてはしゃいでいるが、それも一時間ぐらい経つと身体が冷えて寒さに震えるようになってくる。そして、砂浜に上がって白砂に横たわり、太陽に晒して皮膚を焼く。そうすると、全身が太陽に照射されて、なにか体内に溜まった余計な物質が消し去られるような心地良さを感じる。

海水浴をする時には、脱衣場を使わずに、白砂の中に置かれた大きな石崖の日陰に服やズボンや下着を置くのが常であった。いつものように石影の簡易脱衣場で服を脱ぎ、海に入り約三時間の水泳を楽しんだ。そろそろ家に帰ろうか、と海から出て渚の砂浜に足をかけて、元の脱衣場所に目をやると、急に心臓の鼓動が速くなった。そこに一人の女の子が座っている。同じクラスの女の子である。兄弟姉妹とともに海水浴に来たのだろう。本人は海に入らないで、ひとり簡易の石崖の陰で、海水浴に興じている家族を見つめている。

渚に立ち暫く考え続けた。海水パンツだけで同じ所へ近寄るのは非常に恥ずかしいし、着替えなければパンツだけで国道などの大通りを通らなければならない。小学生であるが、身長も一人前に近くなっているので、裸では道徳に外れるだろうか、夏の真っ盛りで酷く熱いので許されるだろうか。しかし、脱衣したズボンなどを放っておくわけにはいかない。否応でも白砂の石崖に行かなければならない。裸で女の子に近寄るのは非常に恥ずかしい。

自分と同じクラスで美人ではないし、体型もスラっとした人の目を集めるような美形の子でもない。はきはきした言動がいつも私の胸を打ち、真正面で顔を合わせても、いつも言葉を交わすことができなかった。

海水に入ったり渚に脚を延ばしたりして決断できない。胸の鼓動は激しくなり、海水パンツも前のほうが緊張している。水中では体温が下がってくるので寒くなり、どうしても白浜へ上がるより仕方がない。決意して脱衣場所へ近づいた。女の子と接触するほどに近くなった。海水パンツ以外は裸である。女の子も吃驚したのか、逃げるように、顔を背けるようにして数歩離れた。何も言わなかった。私は緊張のあまり鼓動も大きくなり、とても声を掛けるような気持ちではなかった。

慌ててズボンやその他の衣類をやっとのことで持ち出し、やや離れた場所で隠れながら、ドキドキしながら海水パンツを脱ぎ、ズボンなど着衣を整えた。その後、女の子を避けるように遠回りしながら家に帰った。私の少年の頃の大きな出来事であった。

翌日、教室で顔を合わさないようにしていたが、会話をすることもなかった。彼女が卒業後、どのような経歴を辿ったのか、知る由もない。

④海峡の潮流

日光の注ぐ砂浜に横たわると、海の向こうに淡路島の島影が眼中に入ってくる。やはり「小さな島だなぁ」と感じていた。明石海峡の潮流は一日二回ずつ方向が変わる。その変わる時を潮の転流といい、ほとんど潮の流れが停滞する。この潮の停滞を憩流という。潮流の速度は季節や風向や風速によってその姿を変える。時には西に、時には東へと潮の流れが速くなり、あたかも漁船や小舟が潮の上を滑るようなスピードであっという間に海峡を通過する。潮の流れが途絶え、憩流となった時にはスクリューが止まったかのように舟も動かない。

明石海峡の流れは、東に大阪湾へ、そして紀伊水道から太平洋へと続いていく。西は播磨灘へと広がっていく。その先は果てしない海原である。大きな貨物船がその陰を次第に小さくし、やがて波間に消える刹那は遠く外国への憧れさえ感じさせる。

⑤淡路島の旅

明石海峡を挟み本土側と淡路島の北端を結ぶ交通手段が明淡連絡船である。私は明石港から連絡船に乗り淡路島によく出かけた。明石港はちっぽけな港で、漁船の水揚げ港でもあるが、淡路島への玄関口でもあった。

明石港は一六二一年に小笠原忠真が明石浜を削り取るように造られ、その後、港の入口にあたる波門崎に石壁を築いて港を改修された。一六五七年頃に五代藩主松平忠国によって石造の波門崎燈籠堂が造られた。この旧灯台は国の登録有形文化財に指定され、現存する日本の旧灯台のうち、設置年代は二番目に古く、石造では最古で一九六三年まで使用されていた、と言われている（明石市郷土資料による）。現在は歴史文化財としてその役目を外れ、少し離れた位置に保存されて、一般に鑑賞することができる。港の御崎には新しい灯篭、いいかえれば、小さな灯台が明石港を出入りしている連絡船や漁船などの誘導路として貴重な存在である。

連絡船は約八十名が乗船できるちっぽけな船であった。一等船室と二等船室に分かれ、一等船室はデッキから階段で二階へ入り、イスとテーブルが置かれていた。私はデッキの階段から一等船室の入り口まで上り、扉のガラス戸から内部を覗き込むだけしかできなかった。しげしげと見つめていると、見回りの船員に「一等船室に入るのか入らないのかどっちだ。入らないならデッキに下りろ」と言われた。

二等船室はデッキ側と船底側に分かれていた。料金の区別はない。デッキには五列ほどの木製の長椅子が置かれ大人四人ぐらいが座れる。長椅子は煙突の後方に位置し、鉄製の隔壁に閉ざされて船首は見えない。そのために船尾の方角から海原を眺めるように長椅子が置かれている。

晴天の時には、デッキから明石海峡が一望に収まり、青一色の素晴らしい景色である。船尾のスクリューが掻き回して作り出す大きな渦潮は、泡の白と美空の青が混じり合い、船から次第に遠くなるにつれて小さな渦となり、やがて白い直線となって波間に消えていく。

デッキから遠くを眺めると、明石の小さな市街はもとよりのこと、空に伸びる明石天文科学館の展望台、白く打ち寄せる波に縁取られた舞子海岸や緑の山脈に少し聳える須磨の鉄拐山が見られ、心地よい潮風とともに、移り行く眺望に飽きることがない。連絡船から海面を見渡すと、明石海峡の魚やタコを獲る漁船の群れと観光用漁船の縁から魚釣りを楽しむ旅人たちの姿が見られる。夏場には、多くの釣り客が大阪や神戸から訪れ、大小の観光漁船が連絡船の行く手を遮る。

冬場になると、二等船室のデッキには衝立や窓ガラスなどの風除けはなく、寒風のために長椅子に座っておられない。そこで船底側に入るが、船倉に広く敷かれたカーペットがあり、そこに雑魚寝するか、座りこんで、船の到着までじっと我慢しなければならない。

船底の客室にはカーペットの上に魚の行商人が多く乗り込んでくる。皆常連である。頭には白い手拭をきりきりと巻き付けて、額から耳の上にかけて解けないように固く結び付けている。鉢巻をほどいて手拭として使うような仕草はない。彼らにとっては、一種の帽子代わりのようなもので、鮮魚行商人の勲章に見える。足に長靴を履いている。長径一メートルぐらい横幅五十センチぐらい高さ五十センチぐらいのアルミ製の缶を担いで魚を売り捌く。最速七・五ノット（時速約十五キロメートル）を超える明石海峡の潮流で獲れた魚は生きがよく、魚肉の締まりが抜群で大阪や京都の高級料理店へ卸に行く。特に京都では歓迎され、明石の〝まえもん〟として高値で売れる。明石海峡の漁獲は真蛸や真鯛がよく知られているが、鱸《スズキ》、鰈《カレイ》や鮃《ヒラメ》のほか、虎魚《オコゼ》や穴子や鱚《キス》をはじめ、太刀魚《タチウオ》や鱧《ハモ》などは独特の料理法により季節限定の高級料理となるらしい。

海峡で獲れた新鮮な魚を売る店が軒を連ねている商店街がある。魚の棚通りで、通称「うおんたな」と呼ばれている。近畿一円では有名な魚市場であり、年末では刺身や焼鯛などを求めて大勢の人々が「うおんたな」通りを埋め尽くす。テレビやラジオが年末風景を全国中継し年の瀬の雰囲気を盛り上げている。

私も少年時代から毎年欠かさず大みそかの昼下がりに「うおんたな」を訪れ、年の暮れを惜しみ、新年への期待を感じていた。

歳を重ねるにつれて、その思いは変わっていったが、身体の衰えは紛れもなく止めることはできない。

第15章　終焉に向かって

1　坂道

平成七年一月十七日の阪神・淡路大震災で最初に建築した木造家屋は全壊した。棟梁の父親が最高級の杉や樫や松を駆使して建てた自慢の家屋であったが、地盤が軟弱だったのか柱が大きく傾き家屋全体が歪んでしまった。「百年住宅だ」と父親が自負しただけに頑丈に造られていたので、瓦が落ちることもなく、戸、障子や壁が崩れることもなく家屋全体が斜めになった。

重機で家屋を真直ぐに押し戻して住むことができたかもしれないが、床下の基礎地面に亀裂がみられたので、断層によるものと考えられ、地盤から改良しなければならなかった。地盤を基礎調査のうえ、堅固な地盤層まで多数の杭を深く打ち込んで基礎を補強し、同じ場所に棟梁の木造家屋ではなく、住宅大手会社による軽量鉄骨住宅を新築した。残念ながら、棟梁自慢の家屋を解体撤去しなければならなかった。それを機に父親は気力も下り坂となったのか、一年後に九十歳余の人生を閉じた。

老医師となった私は海峡都市の東端に位置する朝霧丘の見晴らしが良い丘陵地に住んだ。淡路島を望み明石海峡から播磨灘を見渡すことができる。元々は「つつじやま」でハイキングに適した小高い山であったが、経済成長時代の人口増加に伴い造成された。それほど急峻な丘ではないが、長い坂道を歩かなければならない。坂の道端には当時から繁っていたツツジや桜の樹木が残っており、淡路島と明石海峡の青い漣を前景に、四季を存分に感じながら朝霧の丘を下っていく。

少年の頃、私は喘息発作やアレルギーなどに苦しみながら目指していた医師となり、さらに大学医学部の教授となった。その定年後には労災病院の院長となり、さらに定年退職後には介護老人保健施設の施設長となった。それも八十歳となって常勤勤務を終えたが、週に三回のクリニック勤務を続けている。これまでと同じように、これまでの出来事を想い出しながら、私は朝霧丘を下って勤務地へ向かう。

2　少子高齢

毎朝自宅を出た後、北向き玄関を右に折れ東へ十メートルぐらい行くと、長い坂道の朝霧坂になる。下り坂のてっぺんから南を見ると、淡路島の山影とその前に横たわる明石海峡の青く光る波の帯が眼前に広がる。さあ、元気に出発、という気合が老体にも湧いて出る。

坂の道路左側でやや東寄りに、昔からの住人とその立派な家屋が並んでいる。見事な大きい岩で積上げされ、その上に平壁で囲まれた大きな住居が建っている。日本の経済発展期に、小さな土建屋がその時代の波に乗り、小高い山や丘陵を造成したものである。造成会社の名を冠せて、中村団地と称していた。

二世帯住宅やアパートの建設を禁止し、一区画に一戸建住宅のみに制限して販売した。そのため庭園も広く豪華な住宅風に仕上がっていた。住宅の景観もよく高級住宅街である。阪神・淡路大震災の時にも損壊は最小限に留まっている。その頃には両親と息子夫婦やその子供たちが同居し賑やかな家族も多く、朝霧坂には子供たちが列をなして賑やかに通学していた。まもなく町名を朝霧山手町と改称され、大都市郊外にみられる高級住宅街に模した町名となっている。

その住宅にも夫婦だけで生活しているお年寄りが目立ち、閑静ではあるが活気のない雰囲気が漂っている。介護ケアステーションの送迎車が停車していることも多く、廃屋も所々に見られて寂しい感じがする。あの頃には隊列を組んで通学していた子供たちも成長し、すでに会社等で年齢相当の仕事や地位に就いて、朝霧山手の故郷へは戻ることもなく、東京あるいは大阪で独自の家庭を営んでいるのであろう。余計な想いを巡らしながらバス停をめざして朝霧坂を下っていく。

3　家族の絆

坂道を下り始めて、その東南隅に「△△公認会計士・会計事務所」と門扉に書かれた小さな標識を見かける。震災以前に新居を建て、住宅兼事務所として活用されていた。石垣と白塀で囲まれた立派な屋敷である。高齢の公認会計士である父親と息子夫婦とその子供が住んでいた。

ところが老会計士と嫁の間が仲悪く、嫁は子供と共に家を出て実家に帰ってしまった。その後は老会計士と息子の二人暮らしとなり、侘しい生活を過ごしていた。やがて、老会計士も世を去り、息子は今もその家に一人住んでおり、会計事務所の標識はそのままとなっている。昼間は会社に勤務し、夜や休日は会計事務の仕事を家の中で兼業しているらしい。爺さんが去って嫁や子供が戻って賑やかな家族が再び始まるであろう、と予想したが、そうとはならず男の独居生活が続いている。何とも侘しい。

家族の離れ離れが最善の策であったのだろうか。もっとお互いに我慢して家庭を大事に維持できなかったか、と現代社会の短絡的な決断を非難したくなる。余計なお世話である。

幸いにして、私は結婚からずっと両親と同居し、いずれも自宅で老親を看取りできたことを誇りに思っている。しかし、偉そうなことは言えない。自分は昼夜を分かたず病院に勤め自宅での在宅時間が少なかったので、老親や子どもはすべて妻に丸投げであった。精神的にも身体的にも妻に随分と負担を掛けたことを、この白壁に沿って歩くたびに想い出す。そして、家族への思いやりの少なかったことに対して後悔の念に責められている。

4　介護老人

下り坂の中途に、「地唄謡曲教授」、と門の横に掲げられた小さな純和風家屋がある。いかにも古芸術を伝授しているかのような昔の家造りである。玄関は歌舞伎の小道具に出てくるような桧皮の庇が風情を作っている。竹の生垣を配して、いかにも謡曲師の家に相応しい趣がある。こぢんまりした前庭が木塀に囲まれ、楓木の緑葉が重なり合って、外界の目を遮っている。おそらく奥畳で謡曲を伝授していたに違いない。坂道が急勾配になっており、塀が少し低く作られていることもあって、坂道から木塀越しに家の内部が見透せる。小柄で粋な雰囲気を漂わせる師匠が唄を伝授している光景を想像させる。『伝七捕物帳』に出てきそうな、謡曲の師匠が艶めかしく振舞っている情景を想像させるのにぴったりの坂道風景である。時々、朝方に、玄関横に立派な高級車が停まっていた。夜遅くまで声を枯らして唄い続けお疲れになったお方のお車であろう。

師匠には弟子もなく身内も居ないようで、朝方にゴミ袋を廃棄物収集指定場所に持ち運んでいる姿をよく見かけていた。老いの境地に入り背筋も丸くなっているが、お師匠としてのほのかな色香を保っている。気性も強いのか、何かよく近所の方々と口論していた。道路に散り広がった落葉を注意されているのか、夜の謡曲が喧騒なのか、それは通り過ごしの人間には分かるはずもない。

このような風景が無くなって久しい。前庭には落葉が隅々に積み上がり、所どころビニール袋が松の幹根に纏わりついて、雨戸も隙間を残したままである。空き家となっている。どうやらお師匠は老人ホームへ行かれたと噂に聞く。謡曲教授の看板が哀れを誘っている。

5　老いの行方

下り坂もバス停に近づいたところに、いつも年老いた母親に導かれてバスに乗り込もうとする女性がいる。すでに四十歳ぐらいである。体格もよく、手足の動きも普通である。しかし、声が出ないし会話ができない。動作は緩慢で、自分で積極的に動かすような仕草がない。目は見えるようだが、方向感覚がなく、バスやその他の乗り物の分別もできない。

毎日同じ時間帯に顔を合わすので、知的障害者の通所施設に通っているらしい。歩くことはもちろんのこと、動作にほとんど障害がない。しかし、どのバスに乗るべきか判断できないので、送迎時に年老いた母親が連れ添っている。酷暑の時にも厳冬の折にも欠かさず通っている。母親といえどもすでに八十歳を優に越えており、年齢とともに歩行能力は低下して、早晩、歩けなくなることは明らかである。その頃には、娘の付添もできなくなるであろう。いずれは知的障害者施設に入所するのであろうが、親が動ける間は自宅で家庭生活をさせてやりたい、との親心に違いない。

子供に対する母親の愛情は年齢に関係なく「母は強し」を思わせる。

その老母にも娘にも会えなくなった。

老母が玄関前にぼんやりと立っていたところ、家中の誰かが慌てて腕を抱えて屋内に連れ戻していた。それきりである。

おわりに

高齢者は上り坂よりも下り坂に弱いようである。俗にいう、「膝が笑う」、という言葉が適している。上り坂では息切れして登れないというが、それは身体が弱っている証拠である。その前の段階で、元気ながら坂も登れる人々のことであり、それに負けると急坂のように身も心も転げ落ちる。私も精神や気概だけは下り坂に乗せられないように気を付けている。しかし、固有名詞や薬剤名が忘却の彼方にあるのは悲しい。しばらく間を置くと思い出すのが不思議である。まだまだ大丈夫といいながらも、ほころびた背広を新着したり、電気機器を買い替えたりしようとした時には、あと何年着用でき、使用できるかな、と思ってしまう。その都度、見送ってしまい、この頃は高価品を購買しないことが多い。身も心も自ずと下り坂の終点に気づいているに違いない。

役職

【国際医学会関係】

第４回国際骨折会議会長ISFR 1994年９月
第６回日本台湾整形外科コンファレンス会長Sino1996年５月
第１回･第２回スイス日本整形外科学会会長 1997年８月､2000年８月
1st &2nd Swiss-Japanese Orthopaedic Conference, President
第１回超音波骨折治療国際シンポジウム代表世話人1997年10月
国際骨折治療学会ARTOF Board of Trustees理事
米国肩肘関節学会ASES Corresponding Member
欧州外傷雑誌査読委員Injury
中国蘭州医科大学名誉教授及び中国首都医科大学客員教授

【国内医学会関係】

第73回日本整形外科学会会長、第11回日本肘関節研究会会長、第１・２回超音波骨折治療研究会会長、第89回中部日本整形外科災害外科学会会長、第18回日本肩関節学会会長、第８回整形外科基礎研究会(現･日本整形外科基礎学術集会)会長、日本整形外科学会名誉会員、日本肩関節学会名誉会員、日本職業・災害医学会（旧日本災害医学会）功労会員、中部日本整形外科・災害外科学会名誉会員、日本骨折治療学会名誉会員、超音波骨折治療研究会代表世話人名誉会員

賞罰

・整形災害外科学研究助成財団・特別奨励賞（ジンマー賞）
・井植文化賞
・日本整形外科学会・学会賞
・米国肩肘関節学会･国際肩肘関節雑誌特別賞
・国際雑誌Injury編集委員会優秀賞

著者プロフィール

水野 耕作（みずの こうさく）

学歴

昭和25年３月　明石市立明石小学校卒業
昭和28年３月　明石市立錦城中学校卒業
昭和31年３月　兵庫県立明石高等学校卒業
昭和37年３月　神戸大学医学部卒業

職歴

昭和38年３月　神戸大学医学部附属病院医師実地修練修了
昭和38年４月　神戸大学医学部整形外科学教室入局
昭和38年５月　医師免許証取得
昭和41年10月　徳島大学医学部解剖学第２講座助手（国内留学）
昭和43年７月～45年６月
米国ワシントン州立大学およびバージニア医科大学に海外留学
昭和45年９月　広島県立整肢施設若草園整形外科医療課長
昭和47年３月　西脇市立西脇病院整形外科医長
昭和48年１月　神戸大学医学部助手、講師を経て、昭和57年２月、助教授、平成４年10月、医学部教授となる。
平成13年３月　定年退官　神戸大学名誉教授
平成13年４月　特殊法人・労働福祉事業団　神戸労災病院院長
平成20年９月　定年退職　神戸労災病院名誉院長
平成20年10月　介護老人保健施設・プリエール施設長
平成29年10月　医療法人社団あんしんクリニック顧問

専門医・認定医〈終了も含む〉

日本整形外科学会専門医、日本整形外科学会スポーツ医認定医、日本リウマチ財団登録医、臨床修練指導医認定（外国人指導者）、日本医師会認定産業医

社会的活動

NHK「きょうの健康」など多数出演。
阪神・淡路大震災・巡回リハビリテーションチームなどでボランティア活動

著者プロフィール

水野 耕作（みずの こうさく）

昭和12年（1937）４月25日、兵庫県明石市生まれ。

昭和31年３月、兵庫県立明石高等学校卒業、昭和37年、神戸大学医学部卒。平成４年、神戸大学医学部教授（整形外科）。平成13年、定年退官・神戸大学名誉教授、同年、神戸労災病院院長。平成20年、同病院名誉院長。同年10月、介護老人保健施設プリエール施設長。平成29年10月、医療法人社団あんしんクリニック顧問。第73回日本整形外科学会会長、第４回国際骨折会議会長。日本整形外科学会・学会賞、国際肩肘関節雑誌編集特別賞。

著書に『介護老人保健施設利用の手引き』（160頁水野耕作著　2017年８月21日法研発行）『老人の整形外科』（小松原良雄・水野耕作編著）／『肩関節の外科（改訂第２版）』（加藤文雄・水野耕作編著）／『骨折治療学』（水野耕作・糸満盛憲編著）／『整形外科治療成績評価基準ハンドブック』（水野耕作編）いずれも南江堂より発行。

このほか、裁判所活動、各種のテレビ出演・阪神・淡路大震災等でのボランティア活動・市民講座講師などで活躍。

※プロフィールの詳細は前頁参照

ドクターを夢見た病弱な少年の生涯

2020年６月15日　初版第１刷発行

著　者　水野 耕作
発行者　瓜谷 綱延
発行所　株式会社文芸社
〒160-0022 東京都新宿区新宿１－10－１
電話 03-5369-3060（代表）
03-5369-2299（販売）

印刷所　株式会社エーヴィスシステムズ

ISBN978-4-286-21656-0